Thilo Bock

TEMPELHOFER FELD

Ein Freiluftroman

Fuchs & Fuchs

Mehr über unsere Autoren und Bücher:
www.fuchsundfuchs.berlin

Die Wörterbuch-Einträge stammen, abgesehen von denen auf Seite 81 und 177, aus dem *Duden – Deutsches Universalwörterbuch*, 6. Auflage Mannheim 2006 [CD-Rom]. Der Abdruck erfolgt mit freundlicher Genehmigung des Bibliographischen Instituts, Berlin.

1. Auflage 2014

Umschlagmotiv und -gestaltung: fuxbux, Berlin
Satz: fuxbux, Berlin
Gesetzt aus der Documenta und der Stone Sans
Druck und Einband: Druckerei Friedrich Pustet, Regensburg
Printed in Germany
ISBN 978-3-945279-01-4

Dieser Titel ist auch als E-Book erschienen.

Für Susanne

»Nehmen wir Tempelhof«, sagte diese.

»Gut gewählt. Nur Pardon, es ist das undunkelste Ziel von der Welt. Namentlich heute. Sonne und wieder Sonne.«

Theodor Fontane, *Schach von Wuthenow*

ROLLFELD

Oder anders. Mehr Himmel als Feld. Himmel überm Feld. Der sich voller Wolken zog. Unser Gras-Asphalt-Platz gab ein phantastisches Panorama frei auf die aufziehende Katastrophe. Oder anders. Es sah stark nach Regen aus. Oder anders. Der Sohn von JFK ließ seinen Pfandflaschenwagen scheppern, gefolgt von Onassis IV., schwanzwedelnd. Oder anders. Sie stand weit vorn auf ihrem Board und umkurvte in gemächlichem Slalom die Schlendernden. Oder anders. Das Brausen, das Knattern, das Sausen der Motoren. Alle drei Minuten, zack, und noch eine. Und noch eine und noch eine. Oder anders. Das Bier in der Hand, im Beutel Club-Mate. Vom Vintageversand die Desiderate.

De|si|de|rat, das; -[e]s, -e [lat. desideratum = Gewünschtes]: 1. (Fachspr.) *zur Anschaffung in Bibliotheken vorgeschlagenes Buch.* 2. (bildungsspr.) *etw., was fehlt, was nötig gebraucht wird; Erwünschtes*: ein D. der Forschung.

Oder anders. Nicht die Bücher, nach denen man lange sucht, enthalten unerwartete Wahrheiten. Oft sind es lose Seiten, die einem von irgendwoher in die Hände flattern und auf denen etwas zu lesen ist, das einen völlig neu suchen lässt. Oder anders. Bei seiner Eröffnung galt der Flughafenbau als das größte Gebäude der Welt. Nur das Pentagon in Washington ist heute flächenmäßig größer. Es gibt drei Kellergeschosse, aber keine geheimen unterirdischen Hallen, nichts Verschollenes aus dem letzten Krieg und erst recht kein Bernsteinzimmer. Oder anders. Sie kamen, die Stadt urbar zu machen, ihre Samen in den trockenen Sand zu drücken, zu düngen und zu gießen, auf dass, was da komme, knospe und sprieße. Oder anders. Das silbergraue Flugzeug stand startklar vor den Holzbaracken. Oder anders. Die große, gelblich graue Gestalt im kuttenartigen Gewand mit dem groben Gesicht sah mich staunend an, und mir war für einen Augenblick des Atemholens, als würde ich meine Erinnerung verraten. Oder anders. Der rasende Reporter gab nicht auf und fahndete unermüdlich weiter nach der einen Person, die mehr zu sagen hätte als bloßes Blabla. Oder anders. Hilflos lungerten die gegenwartsgeschädigten Multitaskingopfer auf ihren karierten Schurwolldecken und sahen zu, wie ihr praktischer Einweggrill für die spontane Grillparty im Freien spontan in Flammen aufging und das Biogrillgut in praktische, vom Winde verwehbare Asche verwandelte. Oder anders. Angespornt vom Jubel der am Boden Zurückgebliebenen stieg das Luftschiff höher und höher, zog ruhig seine Bahn gen Südwesten, als ein Aufschrei durch die Menge ging. Aus der Gondel schoss eine Flamme auf zum Ballon, der sofort Feuer fing und explodierte. Oder anders.

Oder anders.

Oder anders.

Oder wie sie mir im Schneesturm gegenüberstand. Die Wärme ihrer Augen. Auf meinen Lippen die Erinnerung an den einen Kuss. Warten auf Umarmung im eingefrorenen Paradies Tempelhof. Das Rauschen der Stille in den Ohren. Und über den Dächern hinter ihr die Lichter eines Flugzeugs, vollgepackt mit Wünschen und Ängsten.

EIN ERSTER TAG

Oder anders. Flashback ins Now. Back to the Gegenwart. Direkt in den Sommer. Wie sie so auf dem Skateboard steht, ganz vorne, mit beiden Füßen. Während hinten die Räder abheben, löst sie einen Fuß vom Brett, fährt ein, zwei Meter weiter und springt elegant in Fahrtrichtung ab, derweil ihr Board sich dreht und auf der Oberseite landet. Wo es nur kurz bleibt. Zwei Tritte Anlauf, und sie ist wieder auf der Piste, macht auf dem Brett einen Schritt. Springend dreht sie sich um die eigene Achse, lässt das Board Slalom fahren. Wie sie sich in der Bewegung fortbewegt, als sei Gleichgewicht das Leichteste der Welt.

Sie kippt weder vornüber, wie ich es täte, noch kollidiert sie mit jemandem, egal ob mit oder ohne Gefährt. Mich auf der rot-weiß gestreiften Bank aus Beton hat sie anscheinend nicht einmal wahrgenommen. Dabei habe ich ihr bereits in der U-Bahn gegenübergesessen. Kurz gegenübergesessen.

Und jetzt bin ich hier. Auf dem Tempelhofer Feld. Zum allerersten Mal. Ich bin nie von Tempelhof aus geflogen, und obwohl der Flughafen seit Jahren stillgelegt und Naherholungsgebiet geworden ist, habe ich es nie bis hierher geschafft. Markus ist in der Nachbarschaft aufgewachsen, aber da kannten wir uns noch nicht. Ist lange her. Auf dem Tempelhofer Feld ist vieles lange her.

Erst musste sich dieses Mädchen, diese junge Frau, diese jungenhafte Frau mit dunkelglänzendem Haar und schmalen Augen mir in den Blick setzen, das Skateboard zwischen Rucksack und Rücken geschnallt, um kurz darauf wieder auszusteigen, Boddinstraße, und ich musste etwas tun, was ich nie zuvor in meinem Leben getan hatte: einer Frau nachgehen, nachlaufen, ja geradezu nachrennen. Sie auf dem gefederten Brett, ich schwitzend und viel zu warm angezogen für einen dieser ersten sommerlichen Tage nach einem eher kalt begonnenen Jahr.

Und jetzt sitze ich, wo ich sitze, durstig am falschen Ort, und verliere mich in den Bewegungen dieser Fremden. Sie ist viel zu jung für mich. Jahrelang fühlte ich mich wie mit Mitte zwanzig, als ich mein Diplom machte, meinen ersten Studienabschluss, dem, trotz ernsthafter Bemühungen, kein zweiter folgen wollte. Natürlich weiß man nie. Eines jedoch ist sicher: Meinen Studienabschluss gibt es nicht mehr. Weder Bachelor noch Master, bin ich ein Auslaufmodell.

Ob sie studiert? Aber könnte sie dann hier ihre Runden ziehen? Am frühen Nachmittag? Müsste sie nicht in der Uni sein, so als Bachelorette? Wo ist sie eigentlich?

»Und? Willst du mal?« Sie sitzt direkt neben mir.

»Was?«

»Mit meinem Board.«

»Das kann ich doch gar nicht.«

»Ich dachte, weil du die ganze Zeit so geguckt hast.«

»Ich?«

»Bist du mir nachgelaufen?«

»Wie kommst du …?«

Ihr Grinsen lässt mich auf weitere Ausflüchte verzichten.

»Und? Was entdeckt?«

»Entdeckt?«

»'ne Quasselstrippe biste nicht gerade, was?«

»Quasselstrippe?« Ich muss lachen. »Das Wort habe ich ewig nicht mehr gehört.«
»Wir haben in der WG so 'n Poster: Untergegangene Wörter des zwanzigsten Jahrhunderts.«

Quạs|sel|strip|pe, die: 1. (salopp scherzh. veraltend) *Telefon.* 2. (salopp abwertend) *jmd., der unentwegt redet*: die Q. hängt schon seit einer Stunde am Telefon.

»Was es nicht alles gibt«, sage ich.
»Ich find's nice, so zu reden. Ist irgendwie vintage.«
»Wie bitte?«
»Egal.« Sie wischt sich ihren Pony aus der Stirn, der gleich wieder zurückfällt. »Hab dich hier noch nie gesehen.«
»Ich dich auch nicht.«
Mit dieser Antwort hat sie nicht gerechnet. Bestimmt verbringt sie ihr Leben auf dem ausgemusterten Flugfeld. Sie kann ja nichts dafür, dass ich bislang nie hier war. Ständig sind wir an den falschen Stellen und wundern uns, dass das Leben eine Aneinanderreihung falscher Stellen ist.
»Bin auch nicht so oft hier«, schiebe ich erklärend nach.
»Sondern?«
»Sondern?«
»Na, wo bist du denn öfter?«
»Mehr so im Norden.«
»Prenzlberg? Hab ich auch mal gewohnt.« Sie stößt Luft aus. Das lässt ihr das Haar kurz vor dem Gesicht flattern.
»Ich auch. Aber jetzt wohn ich im Wedding.«
»Echt? Da sind die Mieten noch voll billig, oder?«
»Ja! Wobei, geht so. Wir, also ich, ich bin jetzt zwei Jahre in der Wohnung.«
»WG?«

»Zu zweit.«

»Cool. Wir sind zu viert.« Sie klemmt sich die Hände unter die Oberschenkel. »Alles Kerle. Na ja, ich nicht.«

»Dachte ich mir.«

»Bist ja ’n kluges Kerlchen.« Sie schiebt das Board gegen meinen Fuß. »Und willste jetzt?«

»Besser nicht.«

»Mach doch mal!«

»Willst du was zu lachen haben?«

»Du bist noch nie geskatet?« Sie nickt. »Krass, was dir entgeht! Musste mal probieren.«

»Andermal gerne.«

»Wieso nicht gleich?«

»Ich muss gehen.« Stehe auf und weiß nicht, wohin.

»Okay, bis nachher!«

»Ja.«

Muss ich wirklich gehen? Bloß weil ich das gesagt habe? Ihr Lächeln, der dunkle Blick, die leicht gekrauste Nase wollen mich nicht gehen lassen. Besser: Wegen der Art, wie sie die Schultern hebt – bin ich auch ein Kerl oder zu alt fürs Kerlsein in ihren Augen, in ihren Gedanken? –, will etwas, will alles in mir bleiben, und ich nähme sogar in Kauf, auf die Fresse zu fallen. Doch das erspare ich ihr und mir. Und allen anderen erst recht.

Mein Gleichgewicht ist auch so schon gestört, und meine Beine verheddern sich. »Bist du öfter hier?«

»Was?« Sie bremst den Schwung, den sie gerade genommen hat, und kurvt auf mich zu.

»Bist du öfter hier?«

»Scheint die Sonne nur Weihnachten?«

»Also, ja?«

Ihr rechter Fuß holt neues Tempo. »Man sieht sich!«
»Ich bin übrigens Sven.«
Eine Handbewegung. Verschwindendes Winken. Das hat sie nicht mehr gehört.

Oder anders. Als ich sie nicht mehr sehe, drehe ich mich um. Nehme erst jetzt die Weite des Feldes wahr, die noch stärker wirkt durch die Begrenzung, die das gigantische und doch von hier aus so klein aussehende Halbrund des Flughafengebäudes bildet. Daneben ein weißer Turm, eine Kugel auf vier Beinen. Die breiten Asphaltpisten, durchgezogener Mittelstreifen, schnurgerade und holperfrei – in Berlin eine Rarität.
Und kein Auto in Sicht, sondern nur Gefährte, die mit Wind- oder Menschenkraft angetrieben werden. Dazwischen nichts als flaches Grün und ein paar gelbliche Gräserfelder. Bäume sind dagegen rar. Der Himmel hat deutlich mehr Profil, malt riesige Wolkenhaufen auf den sich abendlich verfärbenden Himmel. So weit sieht man in Berlin sonst selten. Höchstens, wenn einem die Stadt zu Füßen liegt. Hier aber ist die Talsohle. Tempelhofer Nullpunkt. Nichts ist zum Greifen nah, allenfalls der Wind, der die in die Höhe geworfenen Segel flattern lässt und jeden an den gespannten Schnüren Zerrenden über eine platt gebügelte, auseinandergefaltete Stadtlandschaft zieht. Ist die Erde doch eine Scheibe? Oder lässt sich die Krümmung der Oberfläche wahrnehmen? Könnte man – stünde man am Anfang der Rollbahn – die Schuhe der am anderen Ende Stehenden sehen? Vorausgesetzt, man wäre fähig, zwei Kilometer weit zu gucken.
Stimmen und Musik wehen mir um die Ohren. In einiger

Entfernung tragen sechs, acht Leute wie auf Kommando Alphörner in meine Sicht. Von denen kann das Getröte oder Gefiepe, nein, es ist mehr ein Gefiedel, nicht herrühren. Weiter entfernt stehen einige Blechbläser. Die klingen auch anders.

Seitlich kommt etwas auf mich zu. Ich werde geblendet von der Lampe, die über der Kamera klemmt, in die ich nun blicke. Ein komplettes Team hat sich da aufgebaut. Ein blonder Mann mit rotem Schaumstoffschutz über seinem Mikrofon nickt mir zu. »Karsten Grube, *Berliner Abendschau*«, sagt er, »wir sind gleich live drauf. Darf ich Sie kurz mal was fragen?«

»Wozu?«

»Zu dem Festival.«

»Festival?«

»Na, hier«, er lässt seine freie Hand kreisen, »die Musiker überall, ein großes Experiment.«

»Ach so?«

»Gibt es auf diesem verdammten Feld irgendjemanden, der wegen diesem scheiß Konzert hier ist?«

»Vielleicht fragen Sie mal einen der Musiker«, schlage ich vor.

Er sieht mich einen Moment lang verständnislos an.

»Dort hinten zum Beispiel, die mit den Alphörnern.«

»Ja, wird wohl das Beste sein.« Er guckt auf die Uhr. »Wie lange haben wir noch?«

»Vier Minuten«, sagt einer.

»Dann los!« Eilig entfernen sie sich. Wobei der mit der Kamera, die er von der Schulter genommen hat, Mühe hat, Schritt zu halten.

Oder anders. Heute werde ich vierzig, bin ich vierzig geworden. Was für eine unvorstellbare Zahl. Eben noch schneidet man sich das erste Mal beim Rasieren, und plötzlich ist man vierzig. Das Unvorstellbarste aber ist: Für einen Moment habe ich meinen Geburtstag vergessen. Meinen eigenen Geburtstag!

Nicht, dass mir das Alter etwas bedeutete. Mich schätzen sowieso alle jünger. Da ist jeder Geburtstag ein inneres Abifest. Und jetzt habe ich die, die diesen Tag niemals vergessen würden, auch noch vergessen. Lasse sie warten bei Wasser und Brot. Besser: bei Weißbrot und Aperol Spritz. Zumindest Karla hat sich garantiert ein Glas bestellt, und vermutlich schon das zweite.

Ich mag Geburtstage. Meine Geburtstage. Vor allem, wenn sie gut verlaufen. Groß gefeiert habe ich zuletzt den Dreißigsten. Eine Enttäuschung, ich wäre gern gleich wieder gegangen. Es regnete draußen, und die Frau, die ich liebte beziehungsweise lieben wollte, machte nicht mir die schönen Augen, sondern Markus. Happy birthday to me, happy birthday to me.

In einem der dritten Programme läuft allnächtlich die *Tagesschau* von vor zwanzig Jahren, die nehme ich einmal im Jahr auf und schaue mir an, was in der Vergangenheit an meinen Geburtstagen so alles passiert ist: Krieg und Frieden, der Dollar steigt, der Dollar fällt, Rücktritte, Ernennungen, Vereidigungen, Entführungen, Siegerehrungen, Nachrufe. Nicht mal die *eine* Katastrophe.

Ich bin an einem der harmloseren Jahrestage geboren, was die letzten vierzig Jahre angeht. Verdoppelt man die Zahl, landet man an dem Tag, als sie Deutschlands Bibliotheken plünderten und alles unter Hassgebell verbrannten.

Erinnerungen sind unzuverlässig. Hirngemachte Illusionen. Ab und an kennt man auch nur die Fotos. Im Grunde spielt es dann gar keine Rolle, ob man anwesend war. Mein dritter Geburtstag fand im Park statt. Ein rauschendes Fest am Sandkasten mit Sackhüpfen und Saft. Zu späteren Gelegenheiten wurde auch gemalt. In einem Jahr soll ein Kind einem anderen, besonders blonden, das trübe Tuschwasser über den Kopf gegossen haben. Davon gibt es kein Bild. Dankenswerterweise hat Mama die Anekdote so oft wiederholt, dass ich mir ziemlich sicher bin, dabei gewesen zu sein. Happy birthday to me, happy birthday to me.

Was beweisen Fotos schon, außer dass es einen gegeben hat? Erschreckenderweise gibt es aus meiner Kindheit und frühen Jugend auch von Nichtgeburtstagen kein Bild, auf dem ich nicht gut gelaunt ausschaue. War ich wirklich ununterbrochen fröhlich oder lediglich zu feige, meine Befindlichkeit nach außen zu tragen? Vor Urzeiten habe ich mir daher vorgenommen, beim Fotografiertwerden ernst zu gucken. Bitte nicht freundlich. Drei, zwei, eins: Buttermilch! Cheddar cheese! Zisterzienser! Kräuterquark!

Leider denke ich nie daran.

EIN ZWEITER TAG

Oder anders. »Eine originelle Unterhaltungsformel auf den Weg?«, ruft mir einer aus wegesbreiter Entfernung zu. Diesmal habe ich ohne skatende Vorhut zum Tempelhofer Feld gefunden, hätte aber nichts dagegen, stattdessen von ebendieser aufgespürt zu werden.

Das Wetter ist schön, eine originelle Unterhaltungsformel würde da eher stören, wo die Leute doch über nichts lieber reden als übers Wetter. Man muss nicht immer originell sein. Man könnte Fahrräder ohne Lenker konstruieren oder Kaffee in Luftballons füllen. Und es gibt Duschgelflaschen, die wie Raketen aussehen, denen man ihren mit künstlichen Aromastoffen überschwemmten Inhalt nie vollständig entdrücken kann. Sie sind halt zu schön, um weggeworfen zu werden.

»Absolut überraschende Gesprächsmöglichkeiten werden sich so für dich ergeben«, schickt der Typ mit sanfter Stimme nach. Allein wie der dasteht! Mit psychoaktivem Lächeln, als hätte er die Seligkeit per Eierlöffel verabreicht bekommen – jeden Morgen zehn Schläge auf den Hinterkopf.

Früher standen solche Leute in Fußgängerzonen herum und haben ernst und stumm Druckerzeugnisse präsentiert, ohne die man ihnen die Untergangssehnsucht nicht angesehen hätte. Der hier ist anders. Er kommt sogar auf mich zu. Die weißblonden Haare mittels kurzem Schwänzchen am oberen Hinterkopf zusammengezwirbelt, wie bei einem

Sumoringer. Dabei ist er groß und mager. Sein strandsandfarbenes Jackett fällt einige Nummern zu weit aus. Die braunrote Hose umschlackert beim Gehen seine Beine. »Na, wie wär's mit 'nem ausgefallenen Talkthema to go?« Er wedelt mit ein paar kleinen Umschlägen.

»Was soll ich damit?«, lasse ich mich auf die Unterhaltung ein.

»Vielleicht, um unbefangener Menschen anzusprechen?«

»So, wie du das tust?«

»Gewissermaßen. Bloß was geschieht dann?«

Sein grimassenhaftes Grinsen geht mir gehörig auf den Getreidekeks. Ich sollte den Mann einfach stehen lassen und weitergehen. Leider habe ich erstens kein konkretes Ziel, zweitens fehlt mir eine originelle Abschiedsformel.

»Mit Gesprächsthemen habe ich in der Regel kein Problem«, sage ich.

»Auch wenn du eine dir völlig fremde Person ansprichst?«

»Warum sollte ich eine mir völlig fremde Person ansprechen?«

»Um sie kennenzulernen?« Dieser Mann ist ein Phänomen. Er lässt sich nicht aus der Ruhe bringen.

»Außer dir ist gerade niemand hier zum Kennenlernen.«

Jetzt habe ich ihn doch! Zumindest kurz zucken seine Mundwinkel. »Siehst du die Menschen vor lauter Menschen nicht? Schau dich mal um: überall potenzielle Gesprächspartner.«

»Ich bin nicht blind, aber auch nicht blöd. Die Leute warten nicht unbedingt darauf, dumm von der Seite angequatscht zu werden.«

»Ja!«, sagt er, und es ist ein nicht enden wollendes Ja. Ein nahezu nicht enden wollendes Ja. Denn er fährt doch fort:

»Mit einer meiner Unterhaltungsformeln«, er zeigt auf die Umschläge, »musst du nie wieder jemanden blöd anquatschen. Du verwickelst ihn in eine Konversation. Hier die junge Dame zum Beispiel …« Einen Seitenschritt später blockiert er den Weg einer herannahenden Frau.

Sie ist klein und kompakt. Ihr dunkles Haar umwuchert das runde Gesicht. Vor der üppigen Brust trägt sie einen Karton, aus dem zig grüne Pflänzchen ragen, jedes für sich steckt in einem mit Erde gefüllten weißen Getränkebecher. Verdutzt guckt sie den Gesprächsthemenverteiler an und mich auch.

»Hallo?«

»Ja, hallo! Entschuldige, dass wir dich hier so plump ansprechen. Mal eine Frage: Würdest du mit diesem Mann plaudern wollen?« Er hält die Umschläge in meine Richtung.

Der Blick der Frau lässt eine negative Antwort erwarten. Bevor sie diese geben kann, sage ich entschuldigend: »Ich kenne ihn gar nicht. Er will mir irgendwas beweisen.«

»Nicht irgendwas. Ich will dir zeigen, dass du auf intelligente Art völlig Fremde zu interessanten Konversationen verführen kannst.« Seinem Gesichtsausdruck zufolge meint er das wirklich ernst.

Die Frau nimmt ihm das nicht ab. »Momentan wirkt's eher wie 'ne plumpe Anmache«, sagt sie. »Seid ihr so Pick-up Artists?«

»Was?« Mit einem Mal bin ich mit dem Typen unisono.

»Na, Männer, die möglichst viele Frauentelefonnummern ergattern wollen, späterer Sex nicht ausgeschlossen.«

»Also, bitte!« Mein ungewollter Partner lässt ehrliches Entsetzen erkennen. »Mit meinen Unterhaltungsformeln könnt ihr euch in Sphären der Konversationskultur katapultieren, die euch sonst eventuell auf ewig verschlossen blieben.«

Die Frau muss lachen, was ihre Pflanzen in flirrende Bewegungen versetzt. Weil sie mir dabei zuzwinkert, fühle ich mich angespornt, den Mann zu fragen, ob er Zeuge Jehovas sei. Während das das Lachen der Pflanzenträgerin verstärkt, ernte ich von ihm lediglich einen verächtlichen Blick.

»Sind das Tomaten?«, frage ich die Frau.

»Da kennt sich einer aus!«, japst sie und hält mir den Karton hin. »Kannst du mal?« Sie will sich offenbar die feucht gelachten Augen wischen. »Siehste!«, sagt sie zu dem ratlos bei uns Verharrenden. »So spricht man Frauen an! Nicht superoriginell, aber offenkundig interessiert.«

»Tomaten! Ha!« Sein Versuch eines gekünstelten Lachens stammt eindeutig aus höheren Sphären.

»Wachsen die besser, wenn man sie spazieren trägt?« Ich reiche den Karton zurück.

»Eigentlich laufe ich damit nur rum, um von Fremden angequatscht zu werden.«

»Ehrlich?« Das ist mir jetzt doch ein bisschen zu originell. »Klappt's denn?«

»Jein«, sagt sie. »Vorhin hat mich ein sehr gut aussehender Mann angesprochen. Leider war er im Dienst. Der dachte, das seien Marihuanasetzlinge, und wollte mich festnehmen.«

»Sag bloß!«

»Nee, Quatsch! Ich hab da drüben ein kleines Hochbeet.« Sie setzt sich in Bewegung, und ich folge ihr, ohne weiter auf den Gesprächsthemenverteiler zu achten.

Vor uns auf der Wiese ist es bunt. Überall Kisten und Kästen, in denen es grünt und blüht. Menschen kümmern sich um ihre Pflanzen, sitzen neben ihnen, quatschen, trinken, sind fröhlich. Macht insgesamt einen unordentlichen, improvisierten Eindruck. Mit der Geometrie des klassischen deutschen Blumenbeetes hat das alles nichts zu tun. Dazwischen viel Wiese, Bänke, Stühle, Tische, eine Holzterrasse mit Sonnensegel, Fähnchen und Schilder. Einer hat an sein Gärtchen geschrieben: »Organic Tamagotchi«. Woanders steht weiß auf blau: »Heaven is right here«. Über einer Stange hängen zwei alte Turnschuhe. Sie sind mit rosa blühenden Blümchen bepflanzt.

Den originellen Gesprächsthemen entkommen, bin ich im originellen Kastengarten gelandet. Laubenpieper 2.0. Ob man vom Kollektiv abgemahnt wird, wenn man Geranien aussät oder seine Pflanzen zu akkurat stutzt? Diese Frage verkneife ich mir und sage lieber: »Nicht schlecht!«

»Ja, nicht?« Die Frau stellt ihren Karton auf die Kante einer zum Teil mit etwas Blaublühendem bepflanzten hüfthohen Holzkiste.

»Das ist dein Beet?«

»Das ist mein Beet.«

»Danke«, sage ich.

»Wofür?«

Ich halte Ausschau nach dem Konversationsverkäufer. »Der steht nach wie vor da.« Ich deute in seine Richtung.

»Gut zu wissen. Falls uns mal die Themen ausgehen.«

»Würdest du dann …?«

Sie lacht. »Solange ich jemanden finde, der mit mir über Tomaten redet …«

»Ich werde darauf zurückkommen«, sage ich und hebe die Hand zum Gruß.

»Hier«, sie greift in die Kiste und hält mir eine Becherpflanze hin. »Willste eine?«

Oder anders. Wieder trete ich Asphalt. Schwarz auf weiß die unnötig gewordenen Markierungen für Piloten. Ein von Zeit und Wetter ausgewaschenes rotes Stoppzeichen hätte früher tonnenschwere Maschinen anhalten lassen. Heute sausen Skater und Biker achtlos drüber hinweg. Ihre Räder lassen sich nicht messen mit den wuchtigen Fahrwerken, die hier einstmals Bremsspuren oder aus den Reifenrillen rieselnde Steinchen von weit entfernten Startbahnen hinterließen.
Der Belag ist nicht so makellos, wie ein erster Blick glauben lässt, aber penibel geflickt. Geteerte Narbenkosmetik. An den Rändern wuchert Wiese wellenartig hinein in das in der Sonne glitzernde Grau. Allenthalben Schlangenlinien, durchkreuzt von neuen Rissen und Sprüngen. Nichts lässt sich auf ewig planieren.
Verschiedenste Vehikel umkurven mich. Manche mit Segel – und heben doch nicht ab. Man muss nicht hoch hinaus, um auf dem Tempelhofer Feld stehend beinahe die gesamte Stadt betrachten zu können.
In weiter Ferne alles zum Greifen nah. Berlin vom Himmel in die Ebene gedrückt, flach wie sonst nichts. Die drei Schlote vom Kraftwerk Wilmersdorf. Das Kind, das ich lange Zeit gewesen bin, assoziierte damit drei umgedrehte Capri-Eis. Das alte SFB-Hochhaus. *Tam tam aktuell* und *Hey Music*. Für *S-F-Beat* war ich ein bisschen zu jung. Das Gerüst des Gasometers und der Turm des Schöneberger Rathauses. Dort irgendwo wohnte Karoline, die mehr für mich war, als ich damals begriff, weshalb sie bald aus meiner frühen Jugend verschwand.
Davor der die Flügel ausspannende Flughafenbau. Rechts neben ihm die riesige weiße Kugel auf Stelzen. Ihr Pendant

vom Teufelsberg lässt sich links vom SFB erahnen. Der Potsdamer Platz zeigt mir den grünspitzigen Stinkefinger. Ein riesiger Schornstein ragt dazwischen auf. Vor und hinter den hohen Bäumen der Hasenheide piksen Minarette einer Moschee und Kirchturmdächer in den Himmel, dessen Blau praktisch nichts stört. Allenfalls die diagonale Bahn einer nach Tegel fliegenden Maschine. Und aus der Entfernung glänzt der Silberball des Fernsehturms.

Oder anders. »Hello, Sven, alles klar? Bereit für die erste Fahrt?« Sie rollt von hinten an mich heran, ist zu hören, bevor ich sie sehe.

»Oh, hi!« Ich muss mich zusammenreißen, damit sie mein Erschrecken nicht bemerkt, und torkle leicht, als sie neben mir zum Stehen kommt und die Füße vom Board gleiten lässt.

»Du bist ja doch öfter hier.«

»Geht so.«

»Ja, der fiese Regen. Dachte, es wird endlich Sommer.«

Ich bin froh, dass mein Gedächtnis sie nicht idealisiert hat und sie wirklich so aussieht, wie ich sie in den letzten Tagen erinnert habe: klein, schmal und gut gelaunt. Dicke, schwarz glänzende Wolle auf dem Kopf – und diese Augen, wie zwei glänzend geröstete Mandeln.

»Hast du mir Blumen mitgebracht?«

»Ist 'ne Tomate.«

»Hatte ich irgendwie anders in Erinnerung. Irgendwie röter.«

»Das ist halt keine Supermarkttomate.«

»Okay, ich nehm sie.«

Ich gebe ihr den Becher.

»Aber dann hast *du* keine mehr.«

»Ist nicht schlimm. Gibt ja Supermarkttomaten.«

»Wir könnten sie gemeinsam großziehen. Wir pflanzen sie wo ein. So guerillamäßig.«

»Das machen wir!« Mir gefällt die Vorstellung, mit ihr eine Tomatenpflanze zu haben.

»Und willste jetzt?« Ihr rundes Kinn nickt gen Board, das sie mit dem rechten Fuß hin und her bewegt.

»Nee, lass mal.«

»Schade. Fast dachte ich, du wärst wegen mir hier.«

»Weshalb auch sonst?«, gebe ich so locker wie möglich zurück. Das bringt sie zum Lachen. Ein bisschen.

»Wenn du mich beeindrucken willst …« Mit einem Augenzwinkern lässt sie ihr Board gegen meinen Schuh stoßen.

»Wenn ich dich beeindrucken will, werde ich da niemals draufsteigen.«

»Hast du andere Skills?« Sie bläst Luft aus, was ihren Pony aufwirbelt.

»Andere was?«

»Vielleicht bist du ja voll der krasse Runner oder so?« Sie mustert mich. Checkt meine Sportlichkeit. Dick bin ich nicht. Trotz meiner Standarddisziplin dauerhaftes Bürostuhlsitzen.

»Ich bin mehr so der Reader«, sage ich.

»Cool«, sagt sie. *Cool* – damit hätte ich nicht gerechnet. Special skill: kann dicke Bücher lesen, ohne dabei einzuschlafen.

»Ich würd auch gern wieder mehr lesen. Also, nicht nur für die Uni.«

Dass sie studiert, beruhigt mich. Auf Schulmädchen stehe ich schon eine ziemliche Weile nicht mehr.

»Lesen kann man ja noch, wenn man alt ist«, rutscht mir ein Satz raus, den ich sogleich bereue.
Sie gibt einen zustimmenden Laut von sich.
»Wir können was trinken gehen«, höre ich mich sagen. Wow, woher diese Eingebung?
»Okay!« Sie scheint einverstanden zu sein. »Ich weiß sogar, wo.«

Oder anders. Wir durchqueren ein paar Quadratmeter Wiese zu einer karierten Decke mit Fransen, auf der zwei Jungs hocken. Der eine nach hinten lehnend, die Unterarme aufgestützt. Ich sehe ihn im Profil, die Mächtigkeit seines Brillengestells wird kompensiert durch einen filigran gestutzten Oberlippenbart. Um das wieder auszugleichen, wird sein Gesicht von riesigen beigefarbenen Kopfhörern umrahmt, die eher wie ein Gehörschutz aussehen.
Der andere zeigt Rücken im Holzfällerhemd, ganz ohne breites Kreuz. Ebenfalls kariert, nur im Muster nicht ansatzweise zum Gewand passend: die tief in den Nacken geschobene Golfermütze.
Links und rechts von der Decke liegen zwei Fahrräder. Eins ein orangefarbenes Rennrad mit dünnen Reifen. Das zweite ein dunkelgrünes Hollandrad mit Ledersattel.
»Hey!«, sagt meine Skaterin, ohne eine Reaktion auszulösen. Mit ihrem dreistreifigen Schuh stößt sie den schmalen Möchtegernholzhacker an. Der schrickt zusammen und auf, rupft sich beim Hochdrehen die Stöpsel aus den Ohren, schenkt ihr ein fröhliches »Ahoi!« und mir ein stummes Aha.
»Was sind ’n das für Phones?«
»In den anderen is ’n Wackler drin.«

»Echt? Ist ja voll blöd!«
Mittlerweile hat der andere uns auch bemerkt, befreit seine Ohren, wischt auf seinem Smartphone herum.
»Das ist Sven«, sagt die Skaterin. »Ich hab ihm was zu trinken versprochen.«
»Ist das was zu rauchen?«
»Das ist der beste Stoff der Welt«, sagt sie. »Nix zum Rauchen. Flo, das is ’ne Tomate!«
»Ach so.«
»Du rauchst doch eh nicht.«
»Man wird ja wohl mal fragen dürfen.«

Oder anders. Ich sitze mit Joshua und Florian und der hübschen Skaterin auf einer für diesen Zweck viel zu weich wirkenden Decke. Aus einem bereitliegenden Leinenbeutel hat Joshua, das ist der mit Bart und Brille, zwei Club-Mate gezogen und reicht sie mir. Ich gebe eine davon weiter an das Mädchen.
Sie heißt Luis. So wird sie jedenfalls genannt. Es geht um Erhöhung der Miete, um Minderung derselben, um irgendeinen Wasserschaden. Und ich höre nur »Luis«. Es geht um dies, es geht um jenes, ich aber sitze wie zufällig in ihrer Mitte und trinke Tee. Flaschentee. Kalten Tee mit Kohlensäure.
Unter seiner offenen hellblauen Trainingsjacke trägt Joshua ein mintgrünes T-Shirt mit Schrift. Irgendwas mit »tsch«. Deutsch?, denke ich.
»Wo bist du denn her?«, fragt mich Florian.
»Wedding«, sagt Luis. Kaum dass ich ihren Namen kenne, nimmt sie mir schon das Antworten ab.
»Wedding ist gold«, sagt Joshua.

»Na ja, geht so«, sage ich. »In meiner Straße gibt es drei Spielautomatencafés beziehungsweise Teestuben, und zwar alle direkt nebeneinander.«

»Ändert sich da nicht gerade übelst viel?«, fragt Luis.

»Der Wedding kommt«, sagt Florian.

»Wie man's nimmt. Letztes Jahr musste die einzig gute Kneipe in der Gegend dichtmachen. In der ist jetzt die dritte Teestube drin.«

»Eigeninitiative ist das Stichwort!«, sagt Joshua.

Ein älterer Mann mit Bollerwagen nähert sich unserer Lagerstätte. Im Wagen klimpern ausgetrunkene Flaschen. Auf ihnen sitzt ein müder Langhaardackel. Florian leert seine Brause, schraubt den blauen Deckel drauf und legt sie neben das Tier. Mit extrem heiserer Stimme, als hätte er mehrere Jahre, wenn nicht Jahrzehnte, nonstop geraucht und getrunken, bedankt sich der Mann und zieht seines Weges, nicht ohne sich vorher kurz auf den grauen Scheitel zu fassen.

»Der Typ da.« Als der Flaschensammler außer Hörweite ist, bricht Luis das Schweigen. »Kennst du den?«

Ich schüttle den Kopf.

»Echt nicht?« Florian richtet sich auf. »Der ist übelst berühmt.«

»Den kennt hier wahrscheinlich jeder«, sage ich.

»Ja, das mein ich nicht. Ich mein, der ist der Sohn vom JFK. Hat er mir mal erzählt.«

»JFK?« Joshua zupft an seinem Bärtchen. »Was war das gleich?«

»Mann! John F. Kennedy.«

»Der Flughafen? Ach nee«, er patscht sich gegen die Wange, »das war dieser eine Präsi, nicht?«

»Und wieso ist der Typ da jetzt sein Sohn?«, frage ich.

»Frag ihn!«

»Na ja, Kennedy war 'n notorischer Weiberheld«, sage ich.

»Und als er gesagt hat, er ist ein Berliner, hat er noch schnell 'ne Trümmerfrau gepoppt.« Luis amüsiert das.

»Wann war das denn?«, fragt Joshua. Das erste Wort auf seinem T-Shirt lautet »Quatsch«.

»1963! Fünfzig Jahre her«, sage ich.

»Der Typ sieht aber echt älter aus«, sagt Joshua. Irgendwas mit »pern« steht auf seinem T-Shirt. Kapern? Hat der was mit den Piraten zu tun?

»Na ja, wer weiß, was der so alles hinter sich hat«, sagt Luis.

Der Sohn vom Kennedy also. Ich beobachte eine Weile, wie er sein Wägelchen von Pfandflasche zu Pfandflasche schiebt. Zwischen seinen Beinen humpelt der Dackel.

Quatsch plappern? Ein Klirren lässt mich den Blick wechseln. Schräg hinter mir steht eine ältere Frau mit Kopftuch und Einkaufswagen, der ist auch voll ausgetrunkener Flaschen. In gebrochenem Deutsch fragt sie nach Leergut.

Joshua steht auf und streckt sich. Auf seinem T-Shirt steht: »Quatsch keine Opern«.

EIN DRITTER TAG

Oder anders. »Schon groß!« Markus bleibt stehen und betrachtet das Flughafengebäude wie ein Tourist und nicht wie einer, der gleich ums Eck aufgewachsen ist. Ein bisschen sieht es aus wie eine flach gedrückte ausgezogene Ziehharmonika: zwei klobige Klötze links und rechts, in der Mitte ein noch breiterer. Hier ist auch die allseits bekannte Beschriftung angebracht: »Berlin-Tempelhof«. Vom eigentlichen Bau sieht man nicht viel, die Flugsteigüberdachung schirmt ihn vor unseren Blicken ab. Lediglich die regelmäßig aufragenden Quader – ich zähle dreizehn – lassen erahnen, dass dort mehr steht, als man sieht.

»Die Mutter aller Flughäfen«, sagt Markus. »Damals das größte Bauwerk der Welt.«

»Heute ist garantiert das Warenlager von Amazon größer.«

Markus grinst. »Kann sein, aber hier passen mehr Leute aufs Dach, ohne dass es einstürzt.«

»Aufs Dach?«

»Göring wollte da oben eine Tribüne haben für Flugvorführungen. Er meinte ja, die Deutschen seien ein Volk von Fliegern. Deshalb die vielen Treppentürme. Einhunderttausend hätte man in einer halben Stunde nach oben bekommen.«

»Und warum wird das nie gemacht?«

»Alles Rohbau geblieben. Das Ding ist so gigantomanisch! Unvollendbar. Da sind Ballsäle drin. Die Amis haben später Sporthallen eingebaut.«

Meine neu erwachte Leidenschaft für die Stadtbrache hat mich dazu gebracht, Markus in seine alte Gegend zu locken. Wir überqueren verwittertes, weißfleckiges Pflaster, in dessen Ritzen gestutztes Gras wächst, und steuern auf die nördliche der beiden Rollbahnen zu. An deren begrünten Seiten lagern vereinzelte Grüppchen. Immer wieder rollen Menschen auf Fahrrädern, Skateboards und anderen motorlosen Gefährten an uns vorbei. Einmal stockt mir kurz der Atem, weil ich glaube, Luis komme auf mich zu. Ist aber nur ein unscheinbarer Junge.

»Der erste Flughafen war mittiger«, repetiert Markus sein erinnertes Wissen weiter. »Ich mein, anfangs – da hab ich mal ’n Foto von gesehen – stand hier ’ne einfache Hütte. So ’n oller Schuppen mit ’nem stolzen Schild: ›Flughafen Berlin‹.«

»Eine Luftaufsichtsbaracke?«

»Luftaufsichtsbaracke?«

»Kennste nicht? Regen durchtränkt meine Jacke, und jemand kocht Kaffee in der Luftaufsichtsbaracke?«

»Ja, doch, klar. Richtig von der Erde weggekommen ist der Reinhard Mey damals aber nicht, glaub ich. Übrigens wurde der ›Flughafen Berlin‹ als ›Flughafen Tempelhofer Feld‹ eingeweiht.«

»Dafür, dass du vorhin gesagt hast, du kennst dich nicht aus mit dem Flughafen, weißt du ziemlich viel.«

»Was man halt so gelesen hat. Früher als Kind. Das merkt man sich. Ich fand das immer stark hier. Man kam nicht aufs Gelände, nur an den Zaun. Die Flugzeuge, die Amis. Und da links neben der Butterkeksfabrik«, Markus zeigt Richtung Süden in die vom Flughafengebäude aus äußerste Ecke, »hinter der Ringbahntrasse waren mal die UFA-Studios, wo das ZDF die *Hitparade* gemacht hat.«

»Ehrlich? Mit Dieter? Dem Thomas? Dem Heck?«
»Ja, ich war sogar mal live dabei, leider mit Viktor Worms als Moderator.«
»Viktor Worms! An den habe ich ja seit Jahrzehnten nicht mehr gedacht.«
»Selten sah ein Mann so aus, wie er hieß, würd ich sagen.«
»UFA? Das heißt, dass da früher auch Filme gedreht wurden?«
»Jede Menge. Die sind ja erst später ganz nach Babelsberg. Ich glaub, Heinz Rühmann hat hier bis zur letzten Kriegsminute gedreht.«
»Hab was zu trinken mitgebracht.« Ich patsche gegen meine Umhängetasche.
»So ins Gras?«, fragt Markus. Wir lassen uns zwischen anderen Lagernden nieder, ohne Decke, die Wiese ist ja trocken. Als ich Markus eine der beiden Club-Mate-Flaschen reiche, guckt er skeptisch.
»Mate ist doch 'n ordentlicher Wachmacher, oder?«
»Das würde erklären, warum ich in letzter Zeit so schlecht schlafe.«
»Tust du das? Senile Bettflucht?«
»Kann gut sein«, sage ich. Über das, was mich nicht einschlafen lässt, will ich besser nicht reden.
Eine Pause entsteht. Sobald jemand mit Sportgerät vorbeikommt, muss ich, egal wie viele Räder egal welcher Größe darunter montiert sind, unwillkürlich hinschauen.
»Übrigens sitzen wir auf historischem Hausmüll«, sagt Markus. »Als die das Flugfeld angelegt haben, mussten die Höhenunterschiede eingeebnet werden. Und dafür haben sie zigtausend Tonnen Müll angekarrt.«
»Und dann Gras drüber wachsen lassen?«

»Genau! Noch 'n paar Schafe drauf, ums kurz zu halten und den Boden zu festigen.«

»Flughafenschafe! Warum gibt's die heute nicht mehr? Ein paar Tiere! Wäre doch gut für die Stadtkinder.«

»Durchaus! Find ich auch. Derzeit gibt's nur Vögel.«

Mein Blick hakt sich wieder fest am Flughafengebäude. Zu groß, es komplett zu erfassen. Falls jemand auf dem Dach steht, könnte ich ihn nicht sehen. Selbst Hunderttausende wären kaum auszumachen. Viele kleine Punkte. Selbst ihr Hurra würde, vom Wind verweht, untergehen im Dröhnen der Fliegerstaffeln. Eng gedrängt hätten sie in einer lauen Sommernacht als Schweißgemeinschaft gejubelt beim Aufblitzen der Maschinen im Kegel der Suchscheinwerfer, nicht einmal ahnend, dass man ihnen ein Zukunftsbild präsentiert, bloß ohne das unheimliche Pfeifen todbringender Granaten.

Wie beruhigend dagegen der Anblick allgemeinen Müßiggangs. Und das Gelächter mehrerer Generationen in den Ohren. Unsere Aufmerksamkeit ist ziellos. Keine Erwartungen Richtung Horizont. Selbst die Wolkenbatzen über uns ziehen ungerührt weiter.

»Einfach schön«, sage ich. »So ein Nichts mit U-Bahn-Anschluss.«

»Ja«, bestätigt Markus. »Leider gibt es immer Menschen, die Angst haben vor dem Nichts. Die nicht ruhen können, bevor sie einen Plan gefasst haben, womit sie es füllen können.«

»Muss das denn sein?«

»Ein Nichts mitten in der Stadt ist für manchen schwer zu ertragen. Ich mein, die haben schon vor hundert Jahren diskutiert, was aus dem Tempelhofer Feld werden soll. Vom

Flughafen war noch gar keine Rede. Stand neulich irgendwo. So von wegen Luftzufuhr für die Innenstadt und so. Erst ham se unsere Siedlung gebaut. Ist vorher auch Feld gewesen. War ja praktisch, so ’n ausgedienter Paradeplatz …«

»Heißt der U-Bahnhof deshalb Paradestraße?«

»Na ja, der heißt nach der Straße. Zu Kaisers Zeiten, wo hier Soldaten hinkamen, gab’s die U6 noch nicht. Übrigens, da, wo wir eben aufs Gelände sind, hat die Paradepappel gestanden.«

»Paradepappel?«

»Paradepappel! In deren Schatten saß Wilhelm zwo auf seinem Pferd, um alljährlich Paraden abzunehmen.«

»Ach, so ’ne Parade fänd ich jetzt auch lustig. Nicht so mit Panzern und Raketen, sondern schön Humba Täterä und so.«

»Wir haben einfach nicht mehr genug Soldaten. Wie schon nach dem Ersten Weltkrieg.«

»Weil alle tot waren, oder was?«

Markus verschluckt sich an seiner Brause. »Nee, Soldaten wachsen ja nach. Wegen des Versailler Vertrags!«

»Mit wenig Soldaten sieht so ’ne Parade lächerlich aus?«

»Auf dem Tempelhofer Feld sicher. Der Kaiser hätte sein Heer geradezu übersehen.«

»War der Kaiser nicht auch weg?«, werfe ich ein.

»Oder er irrt hier immer noch rum.«

»Ohne seine Paradepappel kann der sich kein Stück orientieren.«

Wenn das mal kein Erlebnis war: Vorbeidefilieren am krüppligen Kaiser. Geschmückt wie ein Weihnachtsbaum mit Schärpe, Ketten und Medaillen, bewunderte er die glänzenden Pickelhauben, um sie bald darauf in die Schützengrabenlandschaft Flanderns zu schicken. Selbst kriegsuntauglich, träumte er mit verklärtem Blick übers Tempelhofer Feld womöglich von einem Reich, in dem niemals die Sonne unterging.

»Das Sensationelle an der Flughafenidee war ja, den relativ zentral zur Innenstadt zu bauen.« Markus ist mit seinen Gedanken offenbar längst woanders. »Nicht so wie in Paris und London. Flugverkehr ist ja recht neu gewesen! Und die Eisenbahn fuhr mit Dampf.«

»Mitunter waren die doch schneller als ein ICE.«

»Das liegt am ICE. Ursprünglich sollte der BER ja viel weiter weg gebaut werden. Dann gäb's auch keinen Stress wegen der Flugrouten.«

»Wieso eigentlich BER und nicht mehr BBI?«

»Du kannst Fragen stellen!«

»Eine habe ich noch: Warum *Willy Brandt*?«

»Nächste Frage!«

»Tempelhof hieß Tempelhof?«

»Am Anfang sogar Tempelhofer Feld.«

»Stimmt. Haste ja … Und Schönefeld heißt Schönefeld.«

»Ja!«

»Und Tegel Tegel.«

»Halt!« Markus hebt die Hand. »Irgendwann haben sie Tegel den Beinamen *Otto Lilienthal* gegeben. Wobei der Name an sich Tempelhof zugestanden hätte, denn seine Flugversuche hat der Mann hier gemacht.«

»Tatsache?«

»Wenn ich mich nicht irre. Auf alle Fälle wurde an diesem Ort Luftfahrtgeschichte geschrieben. Jede Menge Flugversuche. Die Gebrüder Wright sind eigens, ja, nee, eingeflogen nicht. Da musste erst Lindbergh kommen.«

»Lindbergh ist bis Tempelhof?«

»Der nicht, doch ’n paar Wochen später kam der, der es als Zweiter über den Atlantik geschafft hat. Allerdings ist der erst mal an Tempelhof vorbei. Damals flog man ja noch auf Sicht.«

»Und wie *hieß* der Zweite?«

»Keine Ahnung.« Markus schüttelt den Kopf. »Nach dem Flugzeug ist aber der Columbiadamm benannt.«

»Ehrlich?«

»Glaub schon. Und heute landet hier niemand mehr.«

»Nicht mit Flugzeugen!« Ich schaue zwei Drachen nach, deren Schnüre kurz davor scheinen, sich zu verheddern.

»So oder so: Wer in Tegel startet, sagt nie und nimmer, er fliegt von *Otto Lilienthal*.«

»Stimmt. Macht keiner. Eher noch TXL. Und dass der Airport in New York *John F. Kennedy International* heißt, weiß ich, ohne jemals dort gewesen zu sein. Und der in München ist eben nach Franz Josef Strauß benannt.«

»Strauß stand ja auch für Bayern. Willy Brandt dagegen? Berliner Bürgermeister war der doch gar nicht so lange. Eberhard Diepgen hat deutlich länger durchgehalten.«

»Für Brandt war Westberlin ja mehr so ’n Sprungbrett. Der war ein großer Staatsmann. Diepgen dagegen? Außerdem – der lebt ja noch.«

»Noch ist der Flughafen nicht eröffnet!«

Grinsend hält mir Markus seine Flasche hin. Ich lasse meine dagegenklirren. »Darf man mit Limo anstoßen?«

Im Schritttempo fährt ein Kleinwagen vorbei. Zwei Männer sitzen darin, Ellenbogen ragen aus den Fenstern. Sonnenbebrillt betrachten sie uns und die Umsitzenden. »Gebäudemanagement« steht auf der weißen Fahrertür.

»Was für Gebäude managen die denn hier?«, frage ich.
»Ich glaub eher, die passen auf, dass hier nichts gebaut wird.«
»Drogenprävention?«
Wir müssen beiden lachen.
»Vielleicht ist das die Spaßwacht. Kein Hasch, kein Sex, kein ungebührliches Gelächter. Sonst kommste in den Bau.«
»Apropos«, sage ich, »bist du noch mit dieser Französin zusammen?«
»Apropos? Was hast du denn für Assoziationen?«
»Hat die nicht immer so laut gelacht?«
»Nicht nur gelacht.« Markus lehnt sich zurück.
»Und seid ihr? Wie hieß sie gleich?«
»Monique! Ich bin hin und wieder selber erstaunt. Geht jetzt schon ein halbes Jahr. Und wir bumsen morgens und abends. So potent habe ich mich zuletzt mit sechzehn gefühlt.«
»Schön für dich!«
»Nicht nur für mich. Manchmal denke ich, ich sollte sie schwängern.«
»Wie alt ist sie?«
»Vierundzwanzig.«
»Gutes Alter!«
»Zum Kinderkriegen auf jeden Fall. Aber sie muss ja noch ihren Master machen. Das langweilt mich so.«
»Deshalb hast du ja dein Studium abgebrochen!«
»Von wegen, ich bin unverändert eingeschrieben.«
»Der Letzte deiner Art.«
»Nehme an, eines Tages schmeißen die mich raus.«
»Oder du kriegst ’n Standbild: ›Der letzte Magisterstudent Berlins‹.«
»Und deine Doktorarbeit?«

»Touché! Na, immerhin hab ich ’ne feste Stelle.«
»Dachte, das ist so öde da?«
»Ist es ja auch. Markus, ich bin vierzig!«
»Alter Mann!«
»Genau, jetzt ist vorbei mit lustig. Ich vergesse mehr, als ich neu hinzulerne.«
»Erinnerst du dich an Professor Krämer, Alte Geschichte? Der hat mal gesagt: Mit vierzig hat der Mensch keine neuen Ideen mehr und muss von denen zehren, die er vorher hatte.«
»Ehrlich? Ich hab in letzter Zeit häufig das Gefühl, dass es gerade erst richtig losgeht. Als hätte ich die letzten zehn, fünfzehn Jahre geradezu verschlafen.«
»Das liegt an deiner Arbeit.«
»Mag sein. Aber geht’s dir so viel anders? Andere in unserem Alter schließen Lebensversicherungen für ihre Kinder ab, leiten Ministerien …«
»Oder treten zurück.«
»Um kurz darauf in den Vorstand eines DAX-Konzerns zu wechseln. Und wir? Wir hängen immer noch auf Wiesen ab und trinken Trendgetränke aus Flaschen.«
»Stört dich das?«
»Im Gegenteil! Ich habe Angst, dass mir das eines Tages keinen Spaß mehr machen könnte.«
»Du hast Sorgen!«
Während wir beide an unserer Mate nuckeln, beobachten wir ein türkisches Paar beim Pfandflascheneinsammeln. Vermutlich Mutter und Sohn: Er geht zu den Herumsitzenden, und sie schiebt einen Einkaufswagen hinterher.
»Die Jürgen-Trittin-Frührente«, sagt Markus, »die blüht mir auch.«

»Hier gibt's 'n Flaschensammler, Urberliner. Der hält sich für den unehelichen Sohn von Kennedy.«

»Das ist ja mal originell!«

»Vorstellbar isses, meinste nicht?«

»Als der dreiundsechzig in Berlin war? Wann soll der denn? War nicht sogar Jackie mit dabei?«

»Also, im Auto stand er neben Brandt und Adenauer.«

»Stimmt. Bei seiner Ermordung hat sie neben ihm gesessen! Ich vertrete übrigens die These, dass er seinen eigenen Tod in Auftrag gegeben hat.«

»Wieso das?«

»Er hatte extreme Schmerzen und lauter Affären. Ich hab mal so 'ne Doku gesehen. Der Mann, der in Washington den Politikern reihenweise Frauen zugeführt hat, flog just an dem Tag auf, an dem der Präsident sterben musste. Reiner Zufall? Kennedy wurde zum Mythos, und seine Affären hat man untern Teppich gekehrt. Neben seinen gesundheitlichen Problemen hatte Kennedy damit auch moralische. Es wäre nur noch bergab mit ihm gegangen.«

»Und wie war das mit Vietnam?«

»Das wurde erst später schlimm. So 'n Skandal, ein Jahr vor den nächsten Wahlen … Sah nicht gut aus. Kennedy wäre als der gescheiterte, sexbesessene Jüngling in die Annalen eingegangen. Und er kam ja nicht aus irgendeiner Familie. Die Kennedys, das war amerikanischer Hochadel!«

»Ein entzauberter Heilsbringer – nichts verachten die Leute mehr.«

»Genau! Allein sein plötzlicher Tod konnte ihm die historische Position bewahren, die er heute innehat. Die halbe Welt hat geweint. In Westberlin gab's 'nen Fackelzug. Die ganze Stadt war auf der Straße!«

»Und wieso weiß man bis heute nichts davon?«

»Weil die, die es wussten, kein Interesse daran hatten, am Mythos JFK zu kratzen. Den Mörder haben sie ja schnell beseitigt.«

»Das wäre doch ein super Examensthema.«

»Huh, wer weiß, was für schlafenden Hunde … Oh, dahinten kommt der RBB.«

»Ach, der schon wieder!«

In der Tat nähert sich Karsten Grube mitsamt Team unserer Wiese und beginnt sogleich, Leuten das Mikrofon zwischen die Köpfe zu halten. Der Mann ist recht groß, das Haar schütter. Ich schätze ihn auf Ende vierzig. Über einem rosafarbenen Hemd trägt er eine blaue Kapuzenjacke, deren Reißverschluss halb geschlossen ist.

»Ey, haste die gesehen?« Auf der Rollbahn wackelt ein hellroter Rock an uns vorbei, weiße Bluse, wippendes blondes Haar. »Wie süß! Bei uns im Museum hat jetzt auch eine angefangen. Die ist gerade mal zwanzig. Ach …« Markus verdreht die Augen. »Einmal noch mit ’ner Zwanzigjährigen.«

»Hast du nicht gerade …?«

»Ja, ja. Bestimmt verlässt mich Monique eh bald für einen Jüngern. Alter, ich bin fünfunddreißig!«

»Du Jungspund!«

»Monique ist ’ne klasse Frau, aber die jungen Dinger sind so … Weißt du? Man fühlt sich selber wieder wie mit zwanzig.«

»Sind die nicht ziemlich langweilig und unreif?«

»Sind wir nicht auch ziemlich langweilig und unreif?«

Darüber müssen wir beide lachen.

»Ehrlich, Markus, glaubst du, das würde funktionieren? Fünfzehn Jahre sind doch ’n krasser Altersunterschied.«

Markus winkt ab. »Probieren geht über blamieren! Und sobald man ihr gegenübersteht, vergisst man das ohnehin.«
»Und auf die Dauer?«
»Auf die Dauer? Irgendwann sollte man mit dem Reden aufhören und den Mund sinnvoller einsetzen, Sven!«
»Ich meine 'ne feste Beziehung. Das volle Programm!«
»Also, woran du wieder denkst!«
Die Flasche in meiner Hand ist leer, ich drehe den blauen Deckel drauf.
»Wie geht's überhaupt Karla?«
»Ganz gut. Sie ist etwas genervt von ihrer Arbeit. Wird Zeit, dass die Ferien …«
»Oh nein!«, unterbricht mich Markus. »Jetzt kommt der Typ gleich hierher.«
Karsten Grube hat uns zweifelsfrei bereits fixiert.
»Wir sollten gehen!«, schlage ich vor.
Markus steht auf und klopft sich den Hintern ab. »Hast du auch Hunger?«

EIN VIERTER TAG

Oder anders. Das Feld voller Menschen. Ein einziges Gedrängel und Geschubse. Aufgeregte Neugier liegt in der Luft. Alle sind so vornehm gekleidet, viele mit Hut, und die Röcke der Frauen reichen bis zum Boden. Mittendrin Uniformierte zu Ross. »Nu mal langsam, Herrschaften! In den Stanniolvogel passen Se ohnedem nich mehr rin!« Hinter einem dünnen Drahtzaun steht sie, der Stolz der deutschen Luftfahrt: eine silbergraue Junkers. Der Chefpilot und seine beiden Passagiere werden mit Handschlag von den versammelten Honoratioren verabschiedet. Es wird nach München gehen. Aus dem Morgennebel taucht die Sonne auf. Die Flughafengebäude sind große, eher behelfsmäßige Fachwerkbauten. Ich winde mich aus dem Trubel. Abseits dessen schuften Hunderte, jemand spricht von Arbeitsbeschaffungsmaßnahmen, um den Platz zu ebnen, damit auch die schweren englischen Maschinen hier landen können.
Blasmusik ertönt. In Zweierreihen marschiert Militär auf mit glänzenden Pickelhauben und Tschingderassabum. Im Schatten einer Pappel sehe ich einen Mann mit prächtigem weißem Adler auf dem Helm auf einem Pferd sitzen. Sein Schnurrbart ist beeindruckend. Ist das der Kaiser?
Plötzlich drängelt sich ein Paar durch die Menschenmenge. »Der Russe! Der Russe!« Man weicht ihnen aus. Kommt dort Pfeiffer mit drei f? Oder ist das Heinz Rühmann mit seiner Frau? Sie haben die schon leicht vom Boden abgeho-

bene Gondel des Heißluftballons erreicht und zerren deren Insassen heraus.
Etwas zieht mich fort von der Szenerie. Neben einer winzigen, mit Dachpappe verkleideten Baracke sitzt ein junger Langhaariger. Er trägt eine Lederweste über seinem im Wind flatternden Hemd und zupft die Saiten einer Gitarre. Ich glaube, er wäre gern mitgeflogen.

Oder anders. »Hello, hello! Wer liegt denn da?«
»Huch! Wer steht denn da?« Über mir Luis, das Skateboard unterm Arm.
Leicht benommen richte ich mich auf. »War so schönes Wetter. Deshalb dachte ich, nach der Arbeit leg ich mich noch 'n Stündchen in den Park.«
»Machst du das öfter?«
»Von Zeit zu Zeit«, lüge ich. »Setz dich!«
»Hast du geschlafen?« Als sie sich setzt, bin ich beruhigt und aufgekratzt zugleich. Sie trägt olivfarbene Cargohosen. Ein offenes rot-blau kariertes Hemd gibt die Sicht frei auf grauen Feinripp, unter dem sich ihr Busen wölbt.
»Kleiner Tagtraum«, sage ich.
»Erzähl!«
»Nicht der Rede wert.«
»Erzähl! Oder kam ich vor?«
»Neien, aber Reinhard Mey!«
»Reinhard Mey?« Sie lacht.
»Dieser Liedermacher!«
»Schon klar. Meine Oma hat alle Platten von dem.«
»Deine Oma?«
»Ja! In den Siebzigern war die ein großer Fan von dem.«
»Der Kaiser kam auch in meinem Traum vor. Irgendwas mit

einem Flugzeug, oder nee, das war ein Fesselballon. Genau krieg ich das nicht mehr zusammen.«

»Du träumst ja ein schräges Zeug! Klingt übelst nach *N24 History*.«

»So in etwa war's tatsächlich. Hab wohl zu viel über den Flughafen hier gelesen.«

»Echt? Findest du das spannend?«

»Wenn man an so einem Ort ist. Ein bisschen wie früher, als die Menschen in Ruinen von Hochkulturen gehaust haben.«

Luis wirkt kurz ratlos.

»Was hier so alles stattgefunden hat!«

Luis öffnet den Mund, ohne was zu sagen, fährt sich durchs Haar. »Ich glaube, meine Generation ist übelst gegenwartsgeschädigt. Wir haben kein Interesse an der Vergangenheit, höchstens in Form von so Sachen. Ja, also, schon jede Menge Vergangenheit. Vintage halt.«

»In jedem Ding steckt doch Geschichte.«

»Im ganzen Globus steckt Geschichte. Vergrabene Grundmauern, Knochenreste.«

»Gewissermaßen ist unser Dasein ein Picknick auf den Gräbern unserer Vorfahren.«

»Schön gesagt!«, findet Luis.

»Hauptsache, der Zukunft zugewandt.«

»Hey, was heißt Zukunft?« Luis lehnt sich zurück, blinzelt der Sonne entgegen. »Weißt du, ich studier Bio. Damit will ich mal was bewirken. Egal, was. Das ist nur so abstrakt.«

»Keine Frage. Die Gegenwart ist ja schwer genug zu fassen.« Zur Demonstration fange ich mit einer Hand Luft, mehrfach. »Siehst du: Das Leben besteht aus flüchtigen Augenblicken.«

»LOL«, macht Luis. »Deshalb versuchen auch alle, diese Augenblicke zu catchen. Machen Fotos, schicken Tweets.«
»Hashtag *#now*!«
»Genau! Freundschaftsanfragen an den Rest der Welt. Bitte kommen!«
»Und übrig bleiben Multitaskingopfer, die alles auf einmal wollten und daher nicht mal die Hälfte mitgekriegt haben.«
»Krasse Axt!«

Oder anders. »Ahoi!« Florian lässt sein Fahrrad neben uns in die Wiese fallen. Weiter hinten vom Weg her schlendert Joshua auf uns zu. Sein Leinenbeutel weist größere Beulen auf. Haben die Leute alle nichts zu tun?
»Worum geht's?« Florian hat eine kleine Decke dabei und Wasser.
»Um nichts geht's«, sagt Luis.
»Um nichts?« Florian breitet die Decke aus, die eher ein Tuch ist, und setzt sich in dessen Mitte. Sein Angebot, mit raufzurutschen, bleibt unkommentiert. Für mehr als ihn und seine Plastikflasche ist ohnehin kaum Platz.
»Es geht darum, dass alle wollen und keiner kann«, sage ich.
»Ihr meint Ineffizienz?«
»Meinen wir das?« Luis zwinkert mir zu.

In|ef|fi|zi|enz [auch: – – – ˈ–], die; -, -en (Fachspr., bildungsspr.): *Unwirksamkeit, Wirkungslosigkeit; Unwirtschaftlichkeit.*

»Klar meinen wir das! Wir sind im Zentrum der Ineffizienz! Guckt euch nur um. Früher sind hier Flugzeuge geflogen, jede Menge Flugversuche waghalsigster Art. Soldaten sind auf- und abmarschiert, Menschen haben geschuftet und wurden geschunden. Und heute? Ein einziger Feierabend!«

»Passt zu Berlin«, sagt Luis. »In Berlin läuft auch nichts mehr. Früher wurden von hier aus Kriege geführt. Und heute? Heute schaffen sie's ja nicht mal, einen Flughafen zu eröffnen.«

»Wahrscheinlich wird das neue Stadtschloss schneller fertig als der BER.«

»Wahrscheinlich.« Florian schiebt sich die karierte Mütze in den Nacken. »Wobei ich gehört hab, da sammeln jetzt welche für den Abriss.«

»Berlin darf ja auch nicht fertig werden«, sagt Luis.

»Und Wowereit muss so lange im Amt bleiben, bis er die Stadt vollends fertiggemacht hat«, sage ich.

»LOL«, sagt Luis.

»Das ist aber alles so übelst stressig«, sagt Florian. »Das Tempelhofer Feld ist stressfreie Zone. Die sollen einen Park der glücklichen Arbeitslosen daraus machen. Wenn keiner arbeitet, kann auch nichts Schlimmes passieren. Keine Kriege, keine Umweltkatastrophen.«

»Und wo kommt das Essen her?«

Florian macht ein Gesicht, als hätte ich ihn mit dieser Frage persönlich beleidigt.

»Angeblich wandert die Hälfte der Lebensmittelproduktion in den Müll«, sagt Luis. »Wir müssen uns also bloß bedienen.«

»Das macht auch Arbeit«, sage ich.

Joshua ist bei uns angekommen. Die hautenge schwarze Hose betont seine dürren Beine. Sein T-Shirt ist knallgrün mit roter Aufschrift: »Wrong«. Einfach nur »Wrong«. Als Halsschmuck trägt er die riesigen Kopfhörer.

»Kann man euch helfen?«, fragt er. »Ihr guckt so bedröppelt!«
Bedröppelt. Ob das Wort auch auf diesem Plakat mit den untergegangenen Wörtern des letzten Jahrhunderts steht?

be|dröp|pelt ‹Adj.› [2. Part. von westmd., rhein. bedröppeln = betropfen; nass machen u. eigtl. = (vom Regen überrascht u.) durchnässt] (fam.): *[unerwartet] in Verlegenheit gebracht; kleinlaut, betrübt*: b. dreinschauen; er saß ziemlich b. da; ein -es Gesicht machen.

»Die Angst geht um, wir könnten nicht satt werden«, sagt Florian.
»Wieso?« Joshua stellt seinen Beutel auf den Boden. »Ich bin doch da, und gebt fein acht, ich hab euch etwas mitgebracht.«
»Was denn, Papa Schlumpf?«, macht Luis.
»Futter für alle!«
»Geilomat!« Luis langt nach dem Beutel. Joshua zieht ihn zur Seite.
»Hast du Halloumi mit? Oder wieder so 'ne superleckere Hokkaido-Mais-Creme-Stulle? 'n veganen Döner fänd ich jetzt auch nice!«
»Nicht so gierig, Luis!« Joshua greift in den Beutel. »Ich habe das natürlichste und krasseste Fastfood, das Mother Nature zu bieten hat.«
»Pommes!« Luis reißt die Arme in die Höhe.
»Diese Pommes wachsen auf Bäumen!« Joshua zieht einen rot leuchtenden Apfel hervor und wirft ihn Luis zu.
Jeder kriegt einen. Meiner ist grün mit rosa Stellen.
»Ich war heute im Apfelladen.« Joshua drängt Florian zur Seite und setzt sich zu ihm aufs Tuch. »Das sind Sorten,

die gibt es kaum noch. Alle mit so abgefahrenen Namen. Konnt mir die leider nicht alle merken. Einer hieß zum Beispiel Pfannkuchenapfel.« Joshua sucht in seinem Beutel und präsentiert schließlich ein besonders dunkles Exemplar. »Das hier müsste der Braune Matapfel sein. Die Verkäuferin meinte, eine der ältesten Sorten.«

»Nice!« Luis fängt an, Apfel zu essen. Wir fangen alle an, Apfel zu essen. Es muss nicht immer Hackfleisch sein. Oder Halloumi.

»Lecker«, sagt Luis. »So schön nussig.«

»Meiner schmeckt nach Marzipan«, sagt Florian mit vollem Mund.

»Im Abgang ist dieser hier übelst frisch«, befindet Luis.

»Und wieso Apfelladen?«, frage ich.

»Na, weil's da nichts außer Äpfeln gibt«, sagt Joshua.

»Ich dacht ja, mein Lebenssoll an Äpfeln wäre erfüllt«, sage ich. »Zu Schulzeiten bereits. Ich hab immer einen für die Pause mitbekommen. Und das Schlimmste war, meine Mutter hat den Griebsch ausgestochen. Das wurde dann so braun.«

»Ihh!« Luis scheint in einen bitteren Apfel gebissen zu haben.

»Was ist denn 'n Griebsch?«, fragt Florian.

»Ich glaub, 'n Knust, oder?«, sagt Luis.

»Knust?«

»Meine Omma hat immer Puler dazu gesagt«, sagt Joshua.

»Krotze kenn ich noch!«, sagt Luis.

»Könnt ihr mal hochdeutsch sprechen!?«

»Ist das kein Hochdeutsch?« Joshua beißt von seinem Apfel ab.

»Oder Knurz!«, wirft Luis ein.

»Haha!«, macht Florian.
»Ich meinte das Kerngehäuse«, versuche ich Florian zu erlösen.

Kẹrn|ge|häu|se, das: *die Samenkerne enthaltender innerer Teil beim Kernobst.*

»Ach, den Butzen!« Florian beißt noch mal ab.
Soso, Butzen also. Jeder darf eine letzte ihm bekannte und gleichzeitig abwegige Bezeichnung für den Griebsch nennen. Florians eine Tante hat »Haisla« gesagt. Ich kenne »Knietsch« und Luis »Krüpper«.
Wieder was gelernt. Schweigend kauen wir vor uns hin.
»Kennt ihr die Werbung?«, frage ich dazwischen. »›Damit Sie auch morgen noch kraftvoll zubeißen können?‹ War für Zahnpasta, glaub ich. Die Leute haben in Äpfel gebissen, und es durfte keine Spur von Zahnfleischbluten zu sehen sein.«
Die drei gucken mich verständnislos an.
»Wann lief denn so was?«
»Blut in einem TV-Spot?«
»Keine Ahnung. Bei der Bindenwerbung war die sogenannte Ersatzflüssigkeit ja auch blau.«
»Blaues Zahnfleischblut?«, fragt Florian.
»Wär doch gold, wenn Blut in Filmen 'ne andere Farbe hätte«, meint Joshua.
»So bei Aliens?«, fragt Luis.
»Nee, generell! Tarantino färbt das Blut ja auch krass rot. Da könnte es doch mal lila sein. Oder gelb.«
»Wäre sicher ziemlich gruselig«, sage ich.
»Oder Sperma!«, sagt Florian.
»Sperma?«

»In Pornos! Da nehmen die sowieso meistens Ersatzflüssigkeit. Wär doch nur ehrlich, würde die blau sein.«

Oh Mann. Ich kaue auf meinem Apfel rum und sehe Luis beim Lachen zu. Sie verliert dabei ein Fruchtstück, weshalb ihre Heiterkeit zunimmt. Ihr Lachen ist süß. Sie zieht die Nase kraus. Ihre von Natur aus schmalen Augen verengen sich noch mehr. Aber leider erzähle nicht ich die Witze. Leider kreist die Unterhaltung mittlerweile um völlig absurde Themen. Ich mag nicht mit jungen Damen über Ersatzflüssigkeiten und Pornos sprechen. Vor allem nicht im Beisein ihrer fidelen Mitbewohner. Meine einzige Funktion scheint momentan zu sein, Auskünfte über Werbespots der Achtzigerjahre geben zu können, und ansonsten schweigend auf einem alten Apfel herumzunagen. Wobei das ja ein neuer Apfel ist. Ein neuer Apfel alter Sorte. Das ist wohl auch vintage. Limited Edition Nineteenth Century.

Luis' Blick trifft mich, garniert mit einem Zwinkern. Findet sie das Gespräch ebenfalls niveaulos? Für sie wäre es ein Leichtes, das Thema zu wechseln. Ihre Mundwinkel zucken. Wir haben weiterhin Augenkontakt. Sie legt sich den Apfel auf den Oberschenkel, öffnet die Lippen. Ja, bitte erlöse uns, Luis!

»Wir sollten mal wieder Pornosynchronisieren spielen. Das fand ich immer so schön albern!«

Was war das? Pornosynchronisieren? Unter Erlösung stelle mir etwas anderes vor. Luis grinst frech. Will sie mich provozieren?

»Ich weiß nicht«, Florian betrachtet seinen gleichmäßig abgenagten Apfel, »ist irgendwie voll Nuller, weil Pornogucken mit Ton ist doch irgendwie, na ja, interessanter.«

»Törnt dich das an?« Luis drückt den Rücken durch.

Zumindest bin ich aus dem Fokus gerutscht.

»Ein bisschen, klar! Mein ich aber nicht. Ich mein, das ist übelst der Trash. Allein wie die reden.«

»Warum liegt hier so viel Stroh?«, sagt Joshua mit extra tiefer, sozusagen kursiver Stimme.

Die beiden anderen lachen. Joshua mit ihnen.

»Na, dann blas mir doch einen!«, stößt Luis mit Lachausschlag hervor.

»Kennste das nicht?« Florian hat mein leeres Gesicht richtig als ein fragendes gedeutet. Ich schüttle den Kopf, obwohl ich nicht sicher bin, ob ich überhaupt Kenntnis erlangen will.

»War mal so 'n Clip im Netz«, sagt Luis, »ewig alt.«

»Der typische Pornoanbahnungsdialog, ironisch gebrochen«, sagt Florian. »*Sie* trägt Dessous und der Typ eine Maske. Er soll was reparieren, und überall liegt halt Stroh rum. Er fragt, wieso, und sie fragt, warum er 'ne Maske aufhat. Darauf er: ›Na, dann blas mir doch einen!‹«

Die drei grinsen.

»Das muss man gesehen haben.« Mit dem Apfelrest in der einen Hand schraubt Florian seine Wasserflasche auf. »Der Clip hat das übelst auf die Spitze getrieben. Und ich find's schon geil, was die Pornofilmer sich so einfallen lassen. Vor allem damals im *Europorn*, Achtziger, frühe Neunziger.«

»Ja krass. Die Frisuren waren echt gold«, sagt Joshua.

»Alles! Auch die Möbel. Ich hab mal gehört, es gibt 'ne Diplomarbeit über die Interieurs von Pornofilmen.«

»Und alle so: Yeah! Die würde ich echt gerne mal lesen«, sagt Joshua.

»Ich fahr ja übelst auf die Musik ab«, sagt Florian, »so Plastiksynthie. Hab ich leider bislang kein Vinyl von gefunden.«

»Ihr kennt euch ja aus!« Luis zwinkert mir zu.

»Kennste einen, kennste alle«, wirft Florian ein. »Am derbsten find ich ja die Dialoge beim Sex.« Er wechselt die Stimmlage. »Ah, du fickst so gut, fick mich richtig hart, oh ja geil.« Jetzt sehr tief: »Oh, du geile Sau, dir geb ich's heute richtig.«

»Geht das die ganze Zeit so?«, will Luis wissen.

»Erzähl nicht, dass du noch nie 'n Porno gesehn hast!«

»Ich sag doch, meistens ohne Ton. Da haben wir die Fickenden über kaputte Klospülungen oder Steuererklärungen quatschen lassen.«

»Ich find's immer gold, wenn die so in die Kamera gucken und auf Anweisungen warten«, sagt Joshua. »Bei den Neueren redet der Kameratyp ja auch mit.«

»Das ist voll pomo!« Florian fuchtelt mit den Armen. Dabei fällt die Wasserflasche um.

»Pomo?«, frage ich.

»Ey, Kerl!« Luis zieht die Nase kraus. »Du weiß echt gar nichts. Wo kommst du bloß her?«

»Na, aus den Siebzigern!«

»Oh Mann, du bist auch krass pomo!« Joshua rückt sich die riesige Brille zurecht. »Postmodern halt.«

»Verstehe. So Durchbrechen der vierten Wand?«

»Ja, so was.«

»Das gab's doch schon vor der Pomo …« Ich halte inne.

»Da lernt aber einer schnell«, sagt Luis.

»Derbe find ich auch die Clips, die so tun, als würde der Kameramann direkt gefickt«, bleibt Florian beim Thema, während er mit einem Taschentuch die verschüttete Flüssigkeit auf seinem Tuch verreibt. »Das ist so rau, so pseudo-uninszeniert.«

»Ist das nicht *real*?«, fragt Florian.

»Dann schau mal genauer hin. Ist meistens echt geschickt gemacht.«

»Mir scheint, ihr seht voll viel Pornos«, sagt Luis.

»Höchstens fünf Minuten am Tag.« Florian grinst.

Joshua hält ihm die ausgestreckte Faust hin.

»Ja, ich weiß!« Florian wirft das zusammengeknüllte Papiertuch neben sein Tuch. »Bei YouPorn gibt's halt eher so kurzen Stuff. Dabei mag ich die langen Teile viel lieber.«

»Die Aufmerksamkeitsspanne der User ist halt nicht mehr so groß wie früher!« Joshua zupft an seinem feinen Schnurrbart.

»Liegt am mangelnden Standvermögen!«

Für diese Bemerkung bekomme ich einen privaten Lacher von Luis.

»Ich fänd's ja cool, wenn die Erwartungshaltung bei so 'nem Filmchen mal übelst zerstört würde«, sagt sie.

»Keine absolute Befriedigung für alle?« Florian beißt vom Apfel ab.

»Genau!«, sagt Luis. »Ich mein, da sitzt so 'n Klaus vorm Rechner und guckt 'nem andren Klaus zu, wie er's zwei Wahnsinnsbräuten besorgt, hörig bis zur Hyperventilation. ›Gib's uns, Baby!‹ Dem Wichsklaus steht's schon knapp vor der Eichel, als zwei neue Kerle auftauchen. Fickklaus ist voll irritiert: ›Wer seid ihr denn?‹ Die Boyfriends der Frauen! Sie haben ein paar Kumpels mitgebracht für 'nen Gangbang. Nur dass jetzt der Macker von eben fällig ist. Und dem Wichsklaus schrumpft der Schwanz in der Hand. So zerstört man Illusionen!« Luis grinst in die Runde.

Schweigen im Gras. Es ist kühl geworden.

»Ey, Luis, deine Phantasie möchte ich haben«, sagt Joshua.

»Bist du dir sicher?« Und weil von Joshua keine Antwort kommt, wendet sie sich mir zu. »Was hast du denn so für Phantasien?«

»Tja«, sage ich ratlos. »Wie war das noch mal mit dem Stroh?«

EIN FÜNFTER TAG

Oder anders. Bei den Kastenpflanzen, den Kistengärten, Holzboxbeeten steht der rasende Reporter und befragt Anwesende. Große Anwesende. Kleine Anwesende. Sämtliche Anwesende. Hat der auf dem Tempelhofer Feld sein Zelt aufgeschlagen, oder weshalb berichtet der ständig von hier? So spannend ist das ja auch nicht.

Aus sicherer Entfernung beobachte ich das Spektakel. Es ist nämlich ein Spektakel mit fester Choreografie. Einzeln oder in Grüppchen verharren die zu Interviewenden brav auf Position, bis Karsten Grube, das Kamerateam stets im Schlepptau, ihnen sein rotes Mikrofon vorhält. Kein Schnitt nötig. Alles im Flow. Immerhin fließt und strömt und schüttet es nicht mehr vom Himmel und bläst und stürmt und windet nicht weiter von der Seite wie in den vergangenen Tagen.

Ich weiß jetzt noch mehr übers Tempelhofer Feld. Ich weiß von Hunde-, Pferde- und Radrennen, von einer Planschwiese, wo Berliner des neunzehnten Jahrhunderts im Sommer ihre Kinder toben ließen und winters die Schlittschuhkufen zischten. Ich weiß von einer Drei-Kaiser-Parade, allerdings nicht viel mehr, als dass drei Kaiser an ihr teilnahmen; einer von ihnen nannte sich genau genommen Zar. Ich weiß von riesigen Glashäusern, die aus der Ferne wie Vogelkäfige aussahen oder wie Gewächshäuser, in denen aber keine Vögel zwitscherten oder Pflanzen wuchsen, son-

dern Filme ohne Ton. Und ich weiß von einem Deutschen, der mit seinen Flugversuchen viel weiter war als die amerikanischen Gebrüder Wright, doch Letztere flogen vor zigtausend Berliner Augen, während der andere, dessen Name auch mir wieder entfallen ist, lediglich über ein paar Hügel bei Hannover schweben durfte.
Guten Tag, wir sind live in der *Deutschen Wochenschau*. Wie hoch soll Ihr Bäumchen denn noch wachsen? Können Sie das bitte zeigen? Unsere Zuschauer können Sie nicht hören! Meinen Sie, man wird jemals die Baumwipfelgrenze überfliegen können?

Baum|wip|fel, der: *Wipfel eines Baumes.*

Gren|ze, die; -, -n [mhd. greniz(e), aus dem Westslaw., vgl. poln. granica, russ. granica]: 1. a) *Geländestreifen, der politische Gebilde voneinander trennt*; b) *Trennungslinie zwischen Gebieten.* 2. ‹meist Pl.› *Begrenzung, Abschluss[linie], Schranke*; *sich in -n halten: meine Überraschung, ihre Begeisterung hielt sich in -n.

Oder anders. Zwischen den Menschen verschiedensten Alters in ihren bunten T-Shirts, ausgebleichten Hemden, mit Mützen und Kopftüchern, türkisch oder deutsch, was weiß ich, erkenne ich die Tomatenpflanzenfrau. Auch ihr wird das rote Mikro vorgehalten. Sie ist zwar nicht die, die ich treffen möchte, aber immerhin ist sie eine von den mir Bekannten unter den Feldbelebenden.
»Na«, sage ich, als ich nach Abgang des Fernsehteams zu ihr gehe, »hatte Karsten Grube eine originelle Interviewformel in petto?«
»Hi! Na?« Sie wirkt vergnügt, als sie mich wahrnimmt. »Wen meinst du?«

»Na, Karsten Grube von der *Abendschau.*«

»Ach, *der* Typ! Ich guck kein fern.«

»Ist auch besser, *im* Fernsehen zu sein als davor.«

»Weiß nicht. Ich mag das nicht. Aber das ist so …« Sie greift sich ins krause Haar. Ihr knapp knielanges Kleid hat kurze Ärmel und ein schwungvolles Muster. »… so unfair! Da muss man halt mal was sagen.«

Erst als mein Blick ihren Armbewegungen folgt, bemerke ich, was sie meint. Umgekippte Kisten, weggeworfener Dekokram, verstreute Erde, ausgerupfte Blumen und der Erde entrissene Bäumchen. Zahlreiche Löcher im Gras, wie von einem riesigen Maulwurf.

»Als würden die Mäuse hier nicht genug nerven!«, sagt die Tomatenpflanzenfrau.

»Mäuse?«

»Mäuse sind die größten Fans vom Gemeinschaftsgarten.«

»Da helfen nur Mausefallen.«

»Mausefallen?« Sie reißt die Augen auf. »Das ist doch brutal!«

»Oder ihr macht gemeinsame Sachen mit den Mäusen. Die einen säen, und die anderen ernten. Ich weiß auch schon, wer was macht.«

Für einen Moment schiebt die Tomatenpflanzenfrau ihre Unterlippe nach vorn. »Den Mäusen gönn ich's jedenfalls mehr als irgendwelchen besoffenen Kerlen.«

»Also müsst ihr Menschenfallen aufstellen: 'ne Flasche Bier rein als Köder.«

Sie lacht. »Und *zack!*, auf die Pfoten. Na ja, bei mir ist zum Glück nichts passiert.« Sie bewegt sich zur eigenen Beetbox. Ich folge.

»Aber ich bin mir nicht sicher, ob das Sabotage ist«, sagt sie. »Habt ihr irgendwelche Feinde?«

»Garantiert! Leute, die's nicht verknusen können, dass hier keine Flugzeuge mehr fliegen.«

»Meinst du? Nicht bloß Besoffene auf dem Heimweg?«

»Nee, kann ich mir nicht vorstellen. Wie soll man denn nachts aufs Gelände kommen!«

»Kann man sich nicht einschließen lassen?«

»Weiß nicht. Müsste man mal probieren.« Sie guckt lustig.

»Hast du noch nie?«

»Hier gibt's doch Parkwächter!«

»Die vom Gebäudemanagement?«

»Gebäudemanagement?«

»So steht's auf den Autos. Meinst du, die steigen da jemals aus?«

»Vielleicht haben die gar keinen Unterleib.«

»Man könnt's also riskieren.«

»Ja.« Sie lacht. »Heute Nacht was vor?«

Mir fällt keine schlagfertige Antwort ein. Dafür knufft sie mich sanft am Oberarm.

»Wollen wir uns setzen?« Sie zeigt auf ihre Pflanzkiste, an die ist mit zwei groben grauen Brettern eine Bank gezimmert worden. Inmitten der Pflanzen eine glasierte Kachel, auf der »Antonia« steht.

»Du bist Antonia?«

Einen Moment stutzt sie, dann nickt sie. »Jawoll, das bin ich!«

»Hallo, Antonia!«

»Hallo ...« Sie schaut mich an, als müsste an mir ebenfalls eine Kachel kleben.

»Sven«, sage ich.

»Hallo, Sven.«

»Hallo, Antonia.«

»Hallo, Sven.«

Viel Platz zum Nebeneinandersitzen ist nicht. Antonia bietet mir was zu trinken an, Rhabarberschorle. Selbst gemacht, wie sie betont.

»Schön, dass mal wieder die Sonne scheint«, sage ich.

»Ja«, sagt sie, »wobei der Regen auch gut war. Du siehst ja, wie wohl sich mein Grünzeug fühlt.«

Die Tomatenpflanzen sind ziemlich gewachsen. Und nicht nur die. Es blüht blau und lila und weiß. Ich frage mich, wie es der Tomate geht, die ich mit Luis gepflanzt habe. Ich frage mich, wie es Luis geht. So leicht kann ich das gerade nicht herausfinden, eingeklemmt, wie ich bin zwischen Mutterboden und Antonia. Wobei die sich nun erhebt, um nach einem alten Beutel zu greifen, aus dem sie eine bunte Keksbüchse zieht. Zweckentfremdet ist sie gefüllt mit Erde.

»Als es neulich so geregnet hat, war ich bei meiner Schwester im Garten«, erklärt Antonia, »und als dann Regenwürmer rausgekommen sind, hab ich mir 'ne Schippe von mitgenommen.« Sie schüttet den Doseninhalt zu ihren Pflanzen, zerteilt die feuchten Brocken vorsichtig mit den Fingern. Bald ringeln sich ein paar der bräunlich glänzenden Viecher im Beet.

»Die sehen aus wie diese Gummiwürmer«, sage ich.

»Früher haben wir die auch gegessen.«

»Ehrlich? Und wie schmeckt's?«

»Hier!« Mit dem Zeigefinger angelt sich Antonia ein Exemplar und hält es mir hin. Unwillkürlich weiche ich zurück. Antonia lacht breit. »Oder bist du Vegetarier?«

»Bei Regenwürmern auf jeden Fall!«

»Sind bestimmt gesund!« Sie lässt das Tier auf ihre Handfläche gleiten. »Absolut fettarm.«

»Wenn ich fettarm essen will, löffle ich Marmelade«, sage ich.
»Auf jeden Fall ein ähnlicher Glibberfaktor.«
»Stimmt es, dass, wenn man die zerteilt, beide Hälften weiterleben?«
»Oh, hattu das gehört?« Antonia hält sich den Regenwurm vor den gespitzten Mund. »Der Onkel will dich zerschneiden!«
»Nein! Ich doch nicht.«
»Willst du ihn mal halten?«
»Lieber nicht«, sage ich.
»Das mit dem Zerschneiden ist ein Gerücht. Sonst gäb's auch *so* viele Regenwürmer, dass wir ständig drauftreten würden. In Wahrheit sind sie eher gefährdet.«
»Vielleicht hat ja jemand nach Regenwürmern gesucht«, sage ich.
»Hier? Das glaub ich nicht, so trocken, wie der Boden ist.« Sie lässt den Wurm aus ihrer Hand sanft auf ihr Beet gleiten. Seine Artgenossen haben sich längst eingegraben. »Guten Appetit, Kleiner!« Sie setzt sich zurück zu mir. »Hier gibt es eher Ameisen. Siehst du?« Bei unseren Füßen im Gras wuseln wirklich welche.
»Hab ich gar nicht gesehen.«
»Das ist ihr Trick. Sie bleiben oft unbemerkt.«
»Solange sie nicht gefährlich sind, können sie uns ja egal sein.«
»Sie sind uns aber nicht egal! Jeder weiß, dass Ameisen in Gesellschaften zusammenleben. Das wird oftmals bewundert. Ich find's eher erschreckend.«
»Wieso?«
»Bei Ameisen entscheiden kleine Eliten. Das Kollektiv rennt blind hinterher. Eine Diktatur in Reinform.«

»Kann man das nicht anders sehen? So mehr in Richtung Schwarmintelligenz?«

»Im Prinzip ja!« Antonia lässt ihren Oberkörper zustimmend nicken. »Nur machst du dich im Schwarm ja abhängig von der Masse. Die absolute Leistungsgesellschaft. Wer sich am meisten fürs Kollektiv aufopfert, ist der größte Held. Das war in der DDR so, und im Dritten Reich erst recht. Mit dem Unterschied, dass es da den einen Führer gab. Den hat der heutige Schwarm nicht mehr. Individualismus ist passé. Es lebe die Logik des Kollektivs.«

»Ziemlich pessimistisch.«

»Was die Sache nicht unwahr macht. Freiheit ist zum Slogan mutiert.«

»›Die Freiheit nehm ich mir!‹«

»Du hast es erfasst. Nicht zufällig nennen sie das Gelände hier offiziell jetzt ›Tempelhofer Freiheit‹.«

»Find ich auch Quatsch«, sage ich. »Wo's den Namen ›Tempelhofer Feld‹ ja schon seit Jahrhunderten gibt.«

»›Tempelhofer Freiheit‹ – das ist so geschmacklos! Und so unwahr. Hier gab's mal 'n ›KZ‹.«

»Ja, wo eigentlich?«

»Möglicherweise sitzen wir drauf. Ich mein, momentan ist alles absolut wild. Das Gras wuchert, die Reste des Flughafens sind nicht weggeräumt, und jeder kann machen, was er will. Mit ein paar Regeln, okay, Hunde an die Leine, damit die Vögel in Ruhe brüten können. Insgesamt läuft's ja prima. Doch die Pläne existieren längst. Alles wird bebaut, und du wirst sehen, das wird eine der besten Wohnlagen von Berlin.«

»Freiheit ist halt immer auch eine Frage des Geldbeutels.«

»Kann man Freiheit kaufen?«, sagt Antonia. »Was man sich

kaufen kann, erzeugt am Ende bloß Angst, es wieder zu verlieren.«
»Alles, was du hast, hat irgendwann dich.«
Sie sieht mich an, nickt anerkennend. »Alles, was du hast, hat irgendwann dich«, wiederholt sie. »Guter Satz. Ein sehr guter Satz! Bist du Philosoph oder so was?«
»Nee, ist leider nicht von mir. Ich bin Bibliothekar.«
»Ach ja? Ich dachte, du studierst.«
»Sehe ich so aus?«
»Keine Ahnung. Nee!« Sie winkt ab. »Aber auch nicht wie ein Bibliothekar.«
»Wie sehen denn Bibliothekare aus?«
»Jedenfalls nicht so wie du.«
»Das heißt, ich bin gar kein Bibliothekar?«
Dazu sagt sie nichts mehr. Dazu gluckst sie. Ihre Schulter stößt gegen meine. Ein Blick blitzt mir zu. Ihr Mund öffnet sich. Der Oberkörper schnellt nach vorn. »Ha!«, lacht sie und schüttelt ihr Haar. Lehnt sich wieder zurück, etwas seitlicher als zuvor, um mich besser angrinsen zu können. »Das tut mir jetzt total leid. Du bist gar kein Bibliothekar!«
»Was bin ich dann?«
»Hmm. Du bist ein …« Sie legt zwei Finger an die Unterlippe. »Geheimagent! Oder Heiratsschwindler! Wahrscheinlich beides.«
»Und das sieht man mir an?«
»Ich fürchte, ja.«
»Oder kommst du bloß aus diesen berühmten gut informierten Kreisen?«
»Kann auch sein. Wobei, ich glaub, ich komm eher aus deformierten Kreisen. Nee, anders. Von den Ameisen! Ich bin eine deformierte Ameise, die den Anschluss verloren hat.«

Mit einem Mal guckt sie ziemlich betrübt.

In meinem Kopf schlackern die Synapsen. Wie soll ich das kommentieren? Wohl möglichst aufmunternd. Hat sie nicht gerade gesagt, dass Freiheit nur außerhalb des Schwarms funktioniert? Warum verwirrt mich diese Frau so? Um ein Haar hätte ich ihr meine tröstende Hand irgendwo hingelegt. Bloß wo? Auf den Oberschenkel? Oder ist das zu anzüglich? Wäre die Schulter nicht besser? Da geht in ihrem Gesicht wieder die Sonne auf.

Um meine Verwirrung zu kaschieren, lache ich mit.

»Noch etwas Schorle?«

»Ja, gern«, sage ich.

»Was macht man denn so als Bibliothekar?«

»Nicht viel. An einem Tisch sitzen, Bücher aus dem Regal holen, Bücher zurück ins Regal stellen und warten, dass der Tag vorbeigeht.«

»Klingt spannend.«

»In der Tat.« Ich trinke einen Schluck. »Gelegentlich beantworte ich auch Fragen. Aber zu uns kommen nicht so viele Leute.«

Dafür kommt jetzt jemand zu uns. Ist bereits bei uns. Steht einfach vor uns. »Entschuldigung?« Von seinem T-Shirt glotzt uns der Trommler aus der *Muppet Show* an. Vor dem T-Shirt ein Stift in der linken Hand. In der rechten ein Notizbuch.

»Ja?«

»Wie spät ist es?«

»Moment.« Antonia kramt nach ihrem Handy.

Sein Haar wächst ihm glatt über die Ohren und glänzt leicht fettig.

»Siebzehn Uhr dreiundfünfzig«, sagt Antonia.

So spät schon?!, denke ich.
»Danke.« Der Mann schreibt in sein Büchlein, wünscht uns einen schönen Abend und geht zu den Nächsten, ein paar Kisten weiter, fragt wieder nach der Uhrzeit.
»Hä?«, mache ich zu Antonia.
»Kennste den nicht? Ist der Uhrzeitensammler. Früher war der im Graefekiez unterwegs.«
»Ist das auch pomo?«
»Was?«
»Ach, nichts. Jeder braucht halt ein Hobby.«
Ich trinke mein Glas aus und höre, wie die Glockenklänge verschiedener Kirchen, unverständliche Lautsprecherdurchsagen, Kinderjuchzen und das Grundbrummen der Stadt von den Rändern her zu uns übers Feld wehen.

EIN SECHSTER TAG

Oder anders. Alles voller Volk. Menschengemengt. Wir sind eine eingezwängte Masse. Ein Brüllbatzen. Arme hoch, aber nur den einen. Rechtsgerenkt. Ich stehe in der Nähe der Mitteltribüne, von der aus grelle Scheinwerfer riesige rote Fahnen anstrahlen, die die Haupttribüne krönen. Längst gebannte Banner mit dem geschichtsbuchbekannten schwarz auf weiß gezackten Sonnenrad. Zwischen den windgebauschten Statements ein brauner Punkt, streng gescheitelt: Die Oberameise mit dem nach oben abgeknickten Unterarm keift sich als deutscher Albtraummann in den Tempelhofer Nachthimmel hinein. Heiser dröhnt seine Stimme aus riesigen Lautsprechern, beschwört hineingezüchtete Minderwertigkeitskomplexe künstlich herauf am schönsten Frühlingstag des Jahres, wie er raunt. Und preist die Handarbeit, die deutsche Handarbeit. Ob deutsche Hände vom deutschen Gelehrtensohn, ob deutsche Hände vom deutschen Fabrikarbeitersohn – sie alle sollen anpacken, um gehorchen zu lernen. Denn wer gehorchen kann, kann später leichter befehlen, verspricht das braune Pünktchen dort im feierlichen Schein, zu weit entfernt, um *ihn* zu erkennen. Trägt er wirklich diesen Bart? Und wie sieht sein Gesicht in Farbe aus? Rot glühend oder einfach nur aschfahl?

Wir sollen lernen, zu arbeiten wie die Soldaten. Wir sollen anpacken mit der starken Faust der Nation, auf dass sich die Wirtschaft erholen möge, die deutsche Wirtschaft und dann die Welt. Alles soll planiert werden! Ein Land voller Straßen. Eine tausendspurige Autobahn. Der Führer schenkt uns Arbeit. Heilheilheil. Die um mich herum brüllen sich die Stimme aus dem Hals. Mir juckt's überall.

Ich liege allein im niedergetrampelten Gras. Das Jucken ist geblieben. Betrachte meine Hände, meine Handarbeiterhände, meine ungenutzten Handarbeiterhände, meine ungenutzten deutschen Handarbeiterhände. Wir fahrn, fahrn, fahrn auf der Autobahn. Und über meine Finger, über meine Arme, über meinen ganzen deutschen Körper rasen die schwarzbraunen Punkte unzähliger Ameisen. Als ich aufspringe und zu rennen beginne, fallen die Viecher allmählich von mir ab. Ich kann gar nicht aufhören zu rennen, über das planierte Feld, bis ich auf eine kleine Schar stoße, die dabei ist, einen schlanken, sehr hohen Baum zu fällen.

»Was tut ihr da?«, rufe ich ihnen zu.

Sie halten inne, starren mich an. »Warst du nicht dabei, als der Führer diesen Baum gepflanzt hat?«

»Die Paradepappel?«

»Wo denkst du hin?!«

»Dies ist die deutsche Eiche.«

»Und wir fällen sie mittags und morgens.«

»Wir fällen sie nachts. Wir fällen und fällen.«

»Das ist doch …«, will ich sie unterbrechen, »das ging aber anders …«, als ich einen starken Windstoß im Rücken spüre und ein tiefes Brummen höre wie von einer mächtigen Hummel. Ein Schatten legt sich über mich und all die anderen. Wahnsinn, ein Zeppelin!, denke ich und sehe zu, wie das mächtige Luftgefährt an dem weiterhin aufrecht in den Himmel ragenden Baum hängen bleibt und sofort zu bren-

nen beginnt, was ein gigantisches Feuerwerk an Funkenflug und Explosionen auslöst.
Mehr weiß ich nicht.

Oder anders. »Derber Dreck! Das hast du echt geträumt?« Florian schraubt seine Mate auf.
»Ja, ich find's auch sehr unheimlich.«
»Hast du zu viel N24 geguckt?« Joshua bemüht sich um ein ironisches Grinsen, das ein bisschen dümmlich rüberkommt.
»Nein, ich hab mir gestern bei YouTube die Rede angehört, die Hitler hier auf dem Feld gehalten hat.«
»Zur Flughafeneröffnung?«
»Viel früher, am ersten Mai dreiunddreißig.«
»Das war hier?« Vor Schreck rutscht Joshua die Brille zur Nasenspitze.
»Stimmt«, Florian nickt, »die Nazis haben doch den Tag der Arbeit eingeführt.«
»Nee, den Muttertag, glaub ich«, sage ich. »Den Tag der Arbeit gab's schon. Die Nazis haben den allerdings für sich instrumentalisiert. Hitlers Rede wurde vom Tempelhofer Feld aus ins gesamte Land übertragen, damit jeder mitbekam, dass er in Zukunft ordentlich zu schuften hat. Arbeit für alle. Die berühmten Autobahnen.«
»Ich dachte, das wäre gar nicht Hitlers Idee gewesen«, sagt Florian.
»War's auch nicht. Die erste Autobahn wurde vor dreiunddreißig eröffnet und von den Nazis nachträglich zur Landstraße erklärt.«
»Nicht unclever, so die Arbeitslosenzahlen zu senken«, findet Joshua.

»Heute nennt man das Ein-Euro-Job«, sage ich. »Das war unter Sozialhilfeniveau bezahlt und alles andere als freiwillig, hab ich gelesen. Wer sich geweigert hat, kam ins ›KZ‹ oder so.«

»Ich dachte, das wären ohnehin ›KZ‹-Häftlinge gewesen.« Florian schraubt seine Flasche zu.

»So schließt sich halt der Kreis.«

»Wo du das so erzählst«, Joshua zieht an seinem linken Schnurrbartende. »Wir hocken echt auf ’nem Riesenscheißhaufen der Geschichte.«

»Berlin ist ein Riesenscheißhaufen der Geschichte«, sagt Florian.

»Immerhin hat sich das mit der Arbeit erledigt«, sage ich.

»In Berlin?«

»Da auch. Ich meine, hier. Hier ist weder Arbeit angesagt, und strammgestanden wird sowieso schon lange nicht mehr.«

»Aber vielleicht sollten wir echt irgendwas übelst Krasses hier abziehen«, sagt Joshua. »Neulich haben wir so gesponnen, was alles ginge.«

»Luis hat vorgeschlagen, das Flughafengebäude einzustricken.«

»Oder zu häkeln«, ergänzt Joshua.

»Dabei kann sie weder das eine noch das andere.«

»Klingt interessant«, sage ich.

Was für eine bescheuerte Idee. Eigentlich. Immerhin eine Idee von Luis. Schade, dass lediglich die Idee da ist und nicht Luis selbst.

»Kommt sie noch?«

»Heute? Keine Ahnung.«

»Glaub nicht. Die wollte sich doch mit Theo treffen.«

Theo also.

»Das komplette Flughafengebäude!« Florian schüttelt den Kopf. »Ist auch 'n bisschen bullshit. Da wird sie ja nie mit fertig.«

»Sie will das ja nicht alleine machen. Müsste man eher wie 'nen Flashmob organisieren. Und jeder bringt Vorgehäkeltes mit.«

»Dann sollten aber ein paar Bergsteiger dabei sein«, gebe ich zu bedenken.

»Ich find das mit dem Gebäude eh voll pomo«, sagt Florian. »Was interessiert uns so 'ne olle Hitlerbude? Die sollen lieber mal die Landebahn zustricken.«

»Da ist Luis bestimmt gegen«, sage ich.

»Meinste?« Die beiden sehen mich an.

»Auf Wolle skatet es sich sicher schlecht.«

»That's a point!«

»Wobei das ja auch ein gutes Symbol wäre«, sage ich. »Alle Räder stehen still, wenn's der Häkelhaken will. Ein Fest der Ineffizienz.«

»Du wieder!« Florian trinkt von seiner Mate.

»Wir tanzen auf dem Schutt der Geschichte.«

»Ja, krass!« Joshua zieht den Saum seiner Shorts übers linke Knie.

»Hier muss echt mal was abgezogen werden, bevor die Parkplaner vollendete Tatsachen schaffen.«

»Dahinten haben sie so 'ne Hütte aufgestellt.« Florian zeigt Richtung Kugelturm. »So 'n Infoding zur vorgesehenen Gestaltung. Das ist so no-go.«

»Die sollte man abfackeln!«

»Langweilig!« Florian lüftet seine Mütze. »Kannste ja gleich 'nen SUV anzünden. Voll Nuller, ey.«

»Viel zu plump. Das muss ritueller vonstattengehen«, sage ich.

»Genau!«, sagt Joshua. »Mehr so *Burning Man*-mäßig!«

»Wie bitte?«

»Na, dieses Festival in der Wüste von Nevada.«

»*Burning Man?*« Florian zückt sein iPhone, dessen Schutzhülle wie eine Musikkassette aussieht. Er wischt ein paarmal auf dem Display herum. Oder anders. Oder anders. Oder anders. »Ah so. Also«, er liest vor: »›Das Festival dauert acht Tage und endet traditionell am ersten Montag im September, dem amerikanischen Labor Day.‹«

»Wie krass«, Joshua guckt mich an, »da schließt sich ja noch 'n Kreis!«

»Und was brennt da?«

»›Kernveranstaltung ist das Verbrennen einer überdimensionalen menschlichen Statue – des *Burning Man* – am sechsten Festivaltag.‹ Wissta Bescheid!«

»Einen großen Zeppelin fänd ich abgefahrener. Das ist so vintage!«

»Nee, lieber 'n Megapimmel.«

»Ich weiß nicht, Leute«, sage ich. »Das ist hier so schön friedlich. Feuer und Zerstörung passen da auf keinen Fall.«

»Wie wär's dann mit diesem indianischen Fest da?«, schlägt Joshua vor. »Pottlatsch, oder wie das heißt.«

»Wie schreibt man das?« Florian ist wieder am Tippen.

»So, wie man's spricht.«

»Das Fest des Schenkens?« Florian schaut von seinem Display auf.

»Und alle so: Yeah!«

»Ein gigantisches Julklapp?«, frage ich. »Jeder auf dem Feld kriegt von jedem ein Geschenk, oder wie?«

»Das ist so übelst Antikommerz!«
»Aber die Geschenke müssen alle selber gebastelt sein«, sage ich, »und nicht von indischer Kinderhand.«
»Indianischer Kinderhand!«, verbessert Florian.
»Selber gehäkelt«, sage ich.
»Vielleicht doch besser die Landebahn?«
»Luis würde sich darüber garantiert freuen«, versuche ich, zurück auf mein Lieblingsthema zu kommen.
»Ach, bei Luis weiß man nie so genau.«
»Kennt ihr euch eigentlich schon lange?«
»Seit ich in Berlin bin«, sagt Joshua.
»Und ich, seitdem ich mit euch zusammenwohne.«
»Und Theo ist ihr Freund?«, frage ich so beiläufig wie möglich.
Florian lacht hell auf. »Wie kommste denn da drauf?«
»Wär ja noch schöner! Wo der erst zwei Wochen bei uns ist.«
»Und außerdem: Bei Luis landet niemand, sosehr auch alle auf sie fliegen.«
Joshua hält Florian seine Faust hin.
»Ja, ich weiß«, sagt der.
»Passt ja zum Häkelprojekt«, sage ich.
»Wenn's aber stimmt. Luis hängt eigentlich nur mit Typen ab. Mit denen läuft nie was.« Joshua spielt an dem Kopfhörer um seinen Hals.
»Oder sie sagt's uns nicht.«
»Meinste? Um uns nicht zu enttäuschen?«
»Eher, damit wir ihr weiter die Cinderella-Show machen.«
»Wie bitte?«, will ich wissen.
»Sie ist halt unsere Prinzessin.«
»Aus diesem Grund wollte ich früher nie mit Girls zusammenziehen.« Florian steckt sein iPhone weg.

»Und euer Neuer?«
»Der ist okay, glaub ich.«
»So ’n richtiger Nerd«, sagt Joshua. »Studiert Geschichte oder so.«
»Archäologie!«
»Ist das nicht das Gleiche?«
»Der kommt viel rum«, sagt Florian, »vor allem in den Semesterferien. Ich glaub, vor Kurzem war der noch in Turkmenistan.«
»Ich weiß nicht mal, wo das ist«, sagt Joshua.
»Wir könnten auch den Radarturm einhäkeln«, wechselt Florian das Thema. Von der Flughafensilhouette am Horizont hebt sich kaum mehr ab als diese Kugel auf vier Beinen.
»Hat irgendwie was Phallisches«, sage ich.
»Ja krass«, schaltet sich Joshua ein. »Wir stricken dem Ding ein Kondom.«
»Yeah!«, meint Florian. »Als ultimative Verhütung aller Lauschangriffe.«
»Ein Flauschangriff!«, lacht Joshua.
»Auf dass alle ungestört plauschen«, ergänze ich.
»›Plauschen‹ ist ein geiles Wort«, sagt Florian.
»Leider sehr geil«, bestätigt Joshua.

plau|schen ‹sw. V.; hat› [lautm., verw. mit ↑ plaudern]: 1. (landsch., bes. südd., österr.) *sich (im vertrauten Kreis) gemütlich unterhalten.* 2. (österr.) *übertreiben, lügen:* jetzt hast du aber geplauscht! 3. (österr.) *plaudern* (2).

»Und beim Plauschen können alle ihre Geschenke tauschen«, Joshua springt auf.
»Und am Ende zünden wir die Wollhülle an!« Florian erhebt

sich ebenfalls. Seine Mate-Flasche fällt dabei um und lässt koffeinhaltige Flüssigkeit ins Gras sickern.
»Brenne, Petze, brenne!« Mit diesem Ausruf stelle ich mich zu den beiden. Wir gucken uns an, strecken uns die Fäuste entgegen und grinsen. Ich wollte früher schon Teil einer Jugendbewegung sein. Vielleicht gelingt mir das ja doch noch mit Verspätung. Jugend ist das neue Alter.
»Brenne, Petze, brenne!«, wiederholt mich Florian, hebt die ausgestreckte Hand und beginnt eine Art Zeitlupentanz, ohne Beat und ohne Sound.
»Let's flausch!« Joshua hüpft mit angezogenen Armen in die Luft, immer und immer wieder.
Kurz ratlos, sehe ich, die Faust weiterhin geballt, dem asynchronen Paartanz zu, um mich dann – yeah, let's flausch! – mit kreisender Hüftbewegung an der Spontanchoreografie zu beteiligen.

Oder anders. Ganz von vorn. Weit, weit weg. Bleibt alles gleich. Dein Leben in drei Schritten. Also: Vom Blick zum Kuss nach Hause. Anders ausgedrückt: Vater, Mutter, Kind. Oder: Drei Zimmer, Küche, Bad. Oder: School, work, death. Bleibt wie gehabt. Bleibt nichts übrig. Nichts, was nicht den uns in die Kinderbücher geschriebenen Erwartungshaltungen entsprechen würde. Nichts, was vor uns niemand kannte. Das Kribbeln im Brustkorb, von dem wir nicht einmal ahnen, höchstens vermuten, dass es das aus dem Deutschunterricht Bekannte ist. Oder ganz anders. In Dauerschleife nachgespielt von Hollywood, fünf Minuten vor dem Happy End. Listen and repeat.
Wie denn anders? Bis dass der Tod uns scheide? Gefangen im Rahmen unserer Vorstellungskraft, dem Gemenge

aus Fernsehfilmromantik und gutem Elternhaus inklusive Abendbrottischrevolte. Im Rahmen seiner Möglichkeiten blieb er stets äußerst zufrieden.
Es gibt immer einen Plan B. Bei der nächsten Gelegenheit bitte wenden. Bitte wenden! Bleibt nichts wie gehabt. Man müsste noch mal … Wer bestimmt denn, wann es zu spät ist? Doch nur die, die nicht umzusetzen wagen, was sie sich vorgenommen haben in den Jahren des Leichtsinns. Sommerjahre: Als ich glaubte, die Welt liege mir zu Füßen. Ich sehe was, was ihr nicht seht, und das geht bis zum Horizont. Oder weiter. Wenn ich hier bin, bin ich auf dem Sonnendeck.
Und ich fange an, mich zurechtzufinden auf dem Tempelhofer Feld. Dabei ist ein Großteil der Fläche mir weiterhin Terra incognita, am vertrautesten schon die Neuköllner Seite.

Tẹr|ra in|cọ|g|ni|ta, die; - - [lat.] (bildungsspr.): *unbekanntes, unerforschtes Gebiet.*

Aus einem typischen Berliner Kiez kommend, betritt man dort abschüssige Wiese mit ortsüblichem Freiluftcharakter, vertraut von anderen Grünanlagen her und gleichzeitig fremd, weil auf eine ungewohnte Art begrenzt. Stößt man bei Spaziergängen durch andere Parks der Stadt zwangsläufig auf Straßen, Spielplätze, Gewässer, abgezäunte Pflanzungen oder Privatgrundstücke, mutet das Tempelhofer Feld an wie ein nahezu unendliches Gelände, das allen offensteht und trotzdem parzelliert ist.
Ein Bereich ist den Kistengärtnern vorbehalten, ein weiterer den Holzkohlefanatikern, ein anderer Hundeauslaufgebiet. Direkt daneben brüten Feldlerchen. Die Bahnen dienen dem Ausrollen. Selbst der Himmel erfüllt seinen Zweck. Die

einen lassen hier ihre Drachen flattern, die anderen die Gedanken beim Blick in die Wolken.

Würde man die Perspektive tauschen und von oben herabschauen, fielen einem zunächst die beiden Start- und Landebahnen auf, die wie ein nicht vollkommen paralleles Gleichheitszeichen das Zentrum des Gebiets ausmachen. Umfasst werden sie von dem wie leicht schluderig skizzierten, ebenfalls asphaltierten Kreis der Außenbahnen, Taxiways genannt. Die als Oval konzipierte Anlage wird im Nordwesten eingenommen vom Flughafengebäude, das in der Gesamtdimension fast mickrig wirkt.

Dies ist die namengebende Tempelhofer Seite, begrenzt vom Tempelhofer Damm, unter dem die Trasse der U6 verläuft. Dahinter beginnt die sogenannte Fliegersiedlung, in der Markus aufgewachsen ist und deren Fläche ursprünglich auch zum Feld gehört hat.

Dieses grenzt im Norden an Kreuzberg und die Hasenheide, im Süden an Stadtautobahn und Ringbahntrasse. Dahinter beginnt Berlin in Randbezirken auszufasern. Da bleibt's wie gehabt: School, work, death.

EIN SIEBENTER TAG

Oder anders. »Na, du treulose Tomate?« Ihre Stimme ist schneller als meine Augen. Und obwohl ich sie zuletzt vor zwei Wochen gehört habe, weiß ich gleich, wer da spricht. Das Board unterm Arm, grinst sie mich mit schräg gelegtem Kopf an, die Augen schmal wegen des Lichts, das die Sonne ihr über meinen Kopf hinweg entgegenstrahlt.

»Hey, Luis!«, versuche ich, lässig zu bleiben. »Wieso treulos?«

»Nur 'n Spruch. Schließlich haben wir ja 'ne Tomate zu versorgen.«

»Darum bin ich hier.«

»Die letzten Male warste nicht hier«, sagt sie.

»Du auch nicht.«

»Nee, du nicht!«

»Na gut.« Ich biete ihr meine Hand an. »Einigen wir uns auf unentschieden.«

»Ausnahmsweise.« Sie schlägt ein.

Treffpunkt Tomate. Endlich war mein Weg zu ihr nicht umsonst. Bin schon zum richtigen Pflanzenpfleger geworden, weshalb aus dem zarten Gewächs inzwischen ein gewaltiges grünes Ungetüm geworden ist, dem die Zweige kreuz und quer wachsen, die zackigen Blätter wie gichtgekrümmte Finger überallhin weisend, außer auf uns. Und hier und dort leuchten bereits gelbe Strahlenkränze winziger Blüten.

»Scheint ihr gut zu gehen«, sagt Luis.

»Hab auch mit etwas Dünger nachgeholfen.«

»Soso.« Sie stemmt die freie Hand in die Hüfte.

»Ganz natürlich.«

»Natürlich.«

»Und ich hab jedes Mal ’n bisschen Wasser mitgenommen.« Wie zum Beweis holt sie eine große Flasche hervor.

»Denkste, ich nicht? Wusste ja nicht, ob du zu deinen Pflichten stehst.«

»Ging mir ähnlich.«

»Haste mich wenigstens vermisst?«

Diese Augen! Wer würde diese schokoladenfarbenen Augen nicht vermissen? Doch darf ich das zugeben?

»Du mich nicht?«, frage ich.

»Vor allem habe ich befürchtet, ich müsste die Tomate ohne dich großziehen!« Freches Lächeln. »Und die gesamte Ernte allein aufessen.«

»Das hättest du gewagt?«

»Schweren Herzens. Wo die Tomate doch der Apfel des Paradieses ist. Und der bekommt ja nicht jedem.«

»Apfel des Paradieses?«, wiederhole ich.

»Ist es nicht übelst lustig, dass man früher von Paradiesäpfeln gesprochen hat und Menschen oft Tomaten auf den Augen haben?«

»Nach dem Genuss kommt der Durchblick.«

»Ach, du kennst das?« Jetzt wirkt sie enttäuscht.

»Was denn? Adam und Eva?«

»Nee, die originelle Gesprächsformel.«

»Von diesem Typen da?« Ich zeige Richtung Neukölln.

»Ja! Hast du die gleiche gekriegt?«

»Ich hab nix bei dem gekauft!«

»Gekauft hab ich das auch nicht. Er hat’s mir geschenkt.«

»Geschenkt?« Ich fasse es nicht.
»Aber du kennst den?«
»Flüchtig. Jetzt muss er seine Sprüche also schon verschenken!«
»*Mir* hat er einen geschenkt! Ich krieg öfter mal geschenkt, was andere bezahlen müssen.«
Ach, diese Unschuldsmiene! Hätte ich was zu verkaufen, gäbe ich es ihr auch so, ohne groß nachzudenken.
»Und was hat das mit den Tomaten zu tun?«, frage ich.
»In dem Umschlag stand halt so 'n Satz. Genau weiß ich's nicht mehr. Irgendwas mit Tomaten auf den Augen und dem Apfel des Paradieses halt.«
»Tomaten kommen doch aus Amerika.«
»Na und? Vielleicht ist Amerika ja das Paradies.«
»Ich dachte immer, das wäre im Irak gewesen.«
»Im Irak? Echt? *Deswegen* waren die Amis dort?«
»Um die Tomaten hinzubringen?«
Sie grinst.
»Nee, Urstromtal«, erkläre ich. »Wiege der Menschheit. Außerdem kannte der Autor der Schöpfungsgeschichte Amerika garantiert nicht.«
»Muss man alles kennen, worüber man schreibt?«
»Nein. Ich dachte nur ...«
»Und ich dachte: Das ist ja mal ein Zufall. Der Svennibenni kommt mit 'ner Tomate an. Wir pflanzen die schön ein, und so 'n Kerl schenkt mir ein paar Tage später 'nen Spruch über Tomaten und das Paradies.« Sie breitet ihre Arme aus, als wollte sie das gesamte Tempelhofer Feld in sich aufnehmen. »Könnte ja das hier gemeint sein!«
Sie hat mich Svennibenni genannt! Muss ich mir darauf etwas einbilden, oder ist das sogar eher ein schlechtes Zei-

chen? Einen Svennibenni nimmt doch keiner ernst. Erst recht nicht mit einem bepflanzten Plastikbecher in der Hand. Bloß nicht darüber nachdenken.
»Das Tempelhofer Feld ist das Paradies?«, bleibe ich lieber im Dialogtext.
»Warum nicht?«
»Fürs Paradies haben wir aber alle ziemlich viel an.«
»Ist halt 'n modernes Paradies. Flo hat 'n Onkel, der fährt immer ins Nudistencamp. Die sind da alle über sechzig. Schwabbel, schwabbel.«
»Und das ist kein Paradies?«
»Nee, voll nicht!« Luis schüttelt sich. »Ihh! Mein Paradies sieht anders aus.«
»Meinst du, es gibt mehrere Paradiese?«
»Nehm ich an. Die meisten Paradiese haben mir nicht gefallen. Das waren so Poolparadiese, Schnäppchenparadiese, Matratzenparadiese und Taschenparadiese.«
»Taschenparadiese?«
»Irgendwo müssen ja auch Taschen herkommen.«
»Es gibt eine Adamtasche und eine Evatasche?«
»Logo!« Sie fährt sich mit der Hand durchs Haar.
»Und Jena Paradies?«
»Das ist so 'ne Plattenbausiedlung, oder?«
»Glaube«, sage ich. »Kenn das nur aus'm Zugfenster.«
»Dort heißen die bestimmt nicht Adam und Eva, sondern Ronny und Doreen.«
»Und vom Apfel haben sie auch nie genascht, sonst wäre ihnen aufgefallen, dass sie mitnichten im Paradies wohnen. Und Doreen hätte dann zu ihrem Ronny gesagt: ›Du, die ham uns de gonze Zeit vaascht. Dos worn ga geene Bananen, dos worn Gurgn.‹«

»LOL!« Luis gibt Lachlaute von sich. Um die legendäre Zonen-Gaby zu kennen, ist sie zu jung.

Zo|nen-Ga|by, die; -, -s (fiktiv): *verhöhnende Darstellung einer jungen DDR-Bürgerin, die stolz eine Gurke als ihre »erste Banane« präsentiert.*

»Was ist für dich eigentlich natürlicher Dünger?«
»Keine Ahnung«, sage ich. »Tomatendünger halt.«
»Und was ist drin gewesen?«
»Keine Ahnung.«
»Kerl! Du bist auch einer, der nie das Kleingedruckte liest, was?«
»In diesem Fall gab es kein Kleingedrucktes. Das hat mir mal jemand abgefüllt. Stand zu Hause so rum.«
»Das stand so rum bei dir?«
»Das stand so rum.« Details möchte ich lieber für mich behalten.
»Ist das gar nicht deine einzige Tomate?«
»Doch!«
»Und wieso dann der Dünger?«
»Um ehrlich zu sein: Es gab schon vor dir Tomaten in meinem Leben.«
»Aha!« Sie bemüht sich um einen strengen Blick. »Und waren das immer so Monsterbiester?«
»Nein, ehrlich nicht. So was hab ich noch nie gesehen.« Selbst die unmittelbaren Geschwister der Pflanze in Antonias Beet haben meiner Erinnerung nach nicht derart gigantische Dimensionen erreicht.
»Hoffentlich ist das keine Mutation? Wo kommt denn die Pflanze her?«
»Von 'ner Bekannten.«

»Arbeitet deine Bekannte im Chemielabor?«

»Nee.«

Mir fällt auf: Ich weiß überhaupt nichts von Antonia. Und will auch nichts von ihr wissen. Und ich will nicht, dass sie zwischen Luis und mir eine Rolle spielt. Von ihr stammt die Tomate. Und ich habe jetzt den Salat. Den Paradiesapfelsalat. Die Last des Zuvielwissens.

»Nee? Nicht, dass das hier so ’ne Killertomate ist.«

»Wie in dem Film?«, frage ich.

»Gibt ’n Film?«

»Ja. Kompletter Trash. Da muss man ziemlich viel trinken, um den gut zu finden.«

»Ich trink keinen Alkohol.«

»Ehrlich nicht?«

»Nee, ganz ehrlich.«

»Das ist cool«, sage ich. »Ich mein, ich trink auch nicht *so* viel. Ich vertrag ja nichts. Nur hier und da ’n bisschen … Dann kommt einem gleich alles erträglicher vor.«

»Ja, weil alle Welt auf Droge ist. Das ist so degeneriert. Die meisten halten ihr Leben ja nüchtern nicht mehr aus.«

»Wenn andere einen im Kahn haben und man selber nicht, ist das auch blöd. Findest du nicht?«

»Eher lustig. Die Leute werden voll peinlich. Saufen. Oder auch Kiffen. Das ist kein Stück besser.«

»Dem Gruppendruck zu widerstehen ist auf jeden Fall ’ne Leistung.«

»Man fühlt sich einfach auch klarer im Kopf«, sagt sie. »Macht nur manchmal echt einsam.«

»Deswegen nimmt man ja Drogen«, sage ich. »Und um die anderen besser aushalten zu können.«

»Oder sich selbst.«

»Ach, ab und zu ’n kleiner Schwips …«
»Ein Schwips?«, sie lacht. »Wenn’s dabei mal bliebe.«

Schwips, der; -es, -e [urspr. österr., zu ↑ schwippen (2)] (ugs.): *durch Genuss von Alkohol hervorgerufener leichter Rausch:* einen S. haben.

»Weißt du«, sie lässt ihr Skateboard zu Boden und stellt einen Fuß drauf, »als ich krass jung war, gab’s ’ne Party bei einem aus der Klasse. Und ich war übelst blau. Lag so im Schlafzimmer. Und ich dann zu so ’nem Klaus: ›Ich glaub, ich muss kotzen. Bring mir mal ’n Eimer!‹ Hat der Klaus auch gemacht. Also, ’ne Schüssel. Dacht ich jedenfalls. Ist aber ’n Sieb gewesen, so ’n Nudelsieb mit Riesenlöchern! Das war … igitt, ey.«
»Ich hab mal ’n Waschbecken vollgekotzt. Da lief dann gar nichts mehr. Betrunken, wie ich war, wollte ich die Verstopfung selber beheben, während vor der Tür die anderen Gäste drängelten, weil sie mal mussten.«
Sie zieht die Nase kraus. »Und hat’s was genützt?«
»Nee«, ich lache. »Ehrlich gesagt: Ich bin eingeschlafen.«
»Und trotzdem trinkst du weiter Alkohol?« Sie setzt sich auf ihr Board. »Also, ich hab damals entschieden, das lieber sein zu lassen. Ist nur peinlich.«
»Man muss halt lernen, mit dem, was uns schadet, umzugehen.«
»Das ist so ’n Lehrersatz.« Luis blinzelt mich von unten an.
Bin unschlüssig, ob ich mich neben sie auf den Asphalt setzen soll. Sage: »Mit dem Alter wird man immer lehrermäßiger.«
Sie lacht. »Na, komm, so alt bist du jetzt auch nicht.«
»Ich bin älter, als ich aussehe.« Für diesen Satz setze ich mich doch besser in den Staub.

Eine ihrer Brauen hebt sich. »Bist du etwa schon dreißig?«
»Klar.« Ich versuche, diesen Verbalschlag an mir abprallen zu lassen. »Und das nicht erst seit ein paar Jahren.«
»Krass!« Sie betrachtet ihre Chucks. »Hast dich aber gut gehalten. Nimmst du Anti-Aging-Creme?«
»Habe ich nicht nötig.«
»Na ja.« Mit einem Finger fährt sie die Streifen auf ihrem linken Schuh entlang. »Ich werd auch oft jünger geschätzt.«
»Wieso?« Sollte ich mich ebenfalls vertan haben? »Wie alt bist du denn?«
»Was denkste?«
»Ich bin in so was *ganz* schlecht.«
»Ich ja wohl auch.« Herausfordernder Blick. »Na, sag was!«
»Warte.« Ich lege ein paar Jahre drauf. »Siebenundzwanzig?«
Sie öffnet den Mund für ein erstauntes, lautloses Lachen.
»Wie? Noch älter?«
Jetzt bricht das Gelächter doch aus ihr heraus und wirft sie beinahe vom Sitzbrett.
»Bin ich echt so verschrumpelt?« Sie wischt sich durch die Augen.
»Im Gegenteil. Und letztlich ist man so alt, wie man sich fühlt.« Wieder so 'n Lehrersatz. »Irgendwie habe ich ziemlich oft das Gefühl, bei vierundzwanzig stehen geblieben zu sein.«
»Dann bist du ja nur ein Jahr älter als ich. Wobei ...« Ihre Augen strahlen. »An und für sich fühle ich mich eher wie achtzehn. Oder, nein, zwanzig.« Sie stellt einen Fuß auf und greift mit beiden Händen nach dem Knie. »Mit zwanzig bin ich nach Berlin, und alles schien so offen.«
»Jetzt nicht mehr?«

Statt einer Antwort kommt Musik aus ihrer Hosentasche. Während sie den Anruf annimmt, springt sie auf. »Oh, hello!« Hüpfend entfernt sie sich ein paar Schritte, lacht und lächelt, gibt ihren aktuellen Aufenthaltsort bekannt, ohne mich zu erwähnen, greift sich ins Haar, pustet eine Strähne hoch, streckt den freien Arm aus, die Handfläche nach oben, macht ein paar Schritte im Kreis, wiegt den Oberkörper vor und zurück. Dessen Weiblichkeit vermag auch die klobige Kleidung nicht völlig zu verbergen.

Ich habe nie verstanden, warum Menschen Cargohosen tragen, vor allem wenn sie keine Handwerker sind oder von Gewichtsproblemen ablenken wollen. Überall Taschen, in die man nichts packen darf, weil sie sonst ausbeulen und ihr Inhalt wie Blei an den Beinen hängt. Dafür ist Luis' rotes Shirt angenehm schlicht. Während sie zuhört, trifft mich ihr Blick. Die Augen gen Himmel verdreht, macht ihr abgeknickter Arm eine entschuldigende Bewegung.

Die Tomate ist wahrlich ein Ungeheuer. Zwischen dem teils bunt blühendem Gestrüpp wirkt sie irgendwie exotisch mit ihren krummen, Fangarmen gleichen Trieben, die teilweise sogar im Winkel wachsen. Wer weiß, wie belastet die Flughafenerde ist. Eine Killertomate! Vielleicht hat Luis ja recht.

Sie beendet das Gespräch. Ich höre »LOL« und ein »Nice« und »Bis nachher!«.

»Und habt ihr euch gut unterhalten?« Das frage nicht ich, das sagt sie, die sich zu mir und der Tomate hockt.

»Geht so. Besonders gesprächig ist sie ja nicht.«

»Sie ist eben schüchtern.«

»Ach ja?«

»Ja, manchmal wird sie knallrot.«

»Mir gegenüber nicht.«

»Sie ist noch zu jung, als dass ihr die Eltern peinlich werden.« Luis streichelt ein großes, auf ihren Schuh weisendes Blatt. »Na, du? Du bist eine echt feine … Wie heißt sie eigentlich?«

»Tomate?«

»Tomate! Also, ehrlich! Kein Kind heißt ›Mensch‹!«

»Wird aber gelegentlich so gerufen. *Menschenskind!*«

»Ich finde, man sollte auch Pflanzen Namen geben.«

»Meinetwegen. Wir wär's mit Renate?«

»Renate ist doof.«

»Das reimt sich doch! Und was sich reimt, kann keinesfalls doof sein.«

»Wer sagt das?«

»Na, Pumuckl!«

»Der Kobold mit dem roten Haar?« Luis reckt die Fäuste. »Hurra! Nennen wir sie Pumuckl.«

»So soll es sein.«

Luis' Hand fährt zart durch das Blattwerk. »Tschüs, Pumuckl, ich muss jetzt leider gehn. Bis bald.« Sie richtet sich auf und streckt mir die Hand hin.

Ich erhebe mich ebenfalls. »Bis bald!«

»Wenn du doch mal skaten willst, kannste ja mal zum Skatespot kommen. Da bin ich meistens.«

»Was bitte?«

»Skatespot. Dahinten. So 'ne Anlage. Zum Üben können wir natürlich woandershin.«

»Ja, mal schaun«, sage ich.

»Nice«, sagt sie. »Ich muss leider jetzt.« Angedeutete Winkehand, Fußkick unters Board, sodass es sich dreht, danach ein kräftiger Tritt aufs wippende Holz. Zwei Schritte Anlauf.

»Bis nachher!« Schlängelnd macht sie den Abgang. Und ich merke, wie mein Herz klopft.

Meiner Tasche entnehme ich die Wasserflasche, trinke ein, zwei Schlucke und spendiere den Rest der lauwarmen Flüssigkeit unserer Tomate. »Ach, Pumuckl. Du sollst es einmal besser haben«, sage ich leise vor mich hin, was mich ein wenig erschreckt.

Im Abendlicht gehe ich der Sonne entgegen und verlasse dabei die Rollbahn. Ein gepflasterter Weg führt mich mitten ins hohe, blütenbepunktete Gras. Hummeln brummen, und eine blaue Libelle flüchtet vor meinen Schritten, allerdings immer nur zwei, drei Meter weit, sodass wir einen Moment lang zum ungleichen Gespann werden. Vorn das flirrende Insekt, dahinter ein verwirrtes Subjekt.

Ein ehemals weißes Schild mit verrosteten Pfosten erinnert an die Vergangenheit: »AIRFIELD / REFERENCE POINT / DO NOT DISTURB«, verlangt es. »FLUGHAFEN REFERENZPUNKT / DARF NICHT BESCHÄDIGT WERDEN«. Niemand mehr da, der sich daran hielte.

Mit einem Mal wird es laut hinter mir. Eine geschäftig schwätzende Männerschar, sonnenbebrillt und teilweise in Anzug und Krawatte, der Rest im Straßenarbeiterlook, dafür aber mit allerlei Gerätschaften, zusammengeklappten Stativen, überholt mich. Verdutzt gucke ich ihnen nach und versuche, die in der warmen Luft schwirrenden Wörter aufzuschnappen: »Planungssicherheit«, »Masterplan«, »Baufläche«, »Parklandschaft«. Als sie verklungen sind, halte ich Ausschau nach der Libelle, vergeblich.

Oder anders. Vor mir dehnt sich die riesige Fläche des Tempelhofer Feldes. Weit hinten üben Soldaten. Nirgends sonst in der Runde ein menschliches Wesen. Drachen steigen auf. Schwalben schießen hin und her, und im Abendlicht blitzen in der Ferne die Türme Berlins. Ich höre Stimmen. Eine Kleinfamilie nähert sich: Vater, Mutter, Kind. Die Erwachsenen tragen Hüte, er zudem einen dunklen Anzug, sie überm Kleid eine Art Schürze, weiß und spitzenverziert. Der Sohn hellblond und in einem Matrosenanzug. Er mault. Der Vater mault zurück, solange der Mensch was zu trinken habe, könne er existieren. »Des Kind bejreif ich nich«, klagt er vor sich hin. »Der is janz aus de Art geschlagen. Unsern janzen Stammboom durschterte immer, und diesen Knaben hungert andauernd.«

Ich folge dem Trupp quer über die Wiese und staune: Im halbhohen Gras sitzen dicht an dicht fröhlich vor sich hin Berlinernde, ähnlich gekleidet wie die Kleinfamilie. Leierkastenklänge kreiseln durchs Gemenge. Jemand jongliert, ein anderer balanciert über mehrere Schultern hinweg. Gejohle.

Gerade höre ich einen sagen, das Firmament habe seine jestirnte Nachtjacke anjezogen und daher sei es Zeit, nach dem Wirtssaale zu wandeln, als sich der eben noch hundertfarbige Himmel verfinstert. Die um mich sind aufgesprungen, drängen enger zusammen, deuten zum Riesenhorizont. Dort, wo bisher die Sonne schien, zeigt sich nunmehr eine schmale, glühende Sichel. Kühle schaudert auf in schwirrender Dunkelheit. Die Menschen sind verstummt, und auch kein Vogelzwitschern liegt mehr in den Ohren. Plötzlich ertönt eine heisere, hohe Männerstimme: »Meine Herren un Damen! Et is ein welthistorischer Fleck Erde, uff dem Sie mich befinden! Dieset Feld is der jeeignetste Platz bei Berlin, uff welchem sich allet unterlassen lässt.«

EIN ACHTER TAG

Oder anders. Ein Männlein steht im Felde, bestrickt und bunt, vielleicht ist's auch ein Weiblein, ganz klein und rund. Oder anders. Jemand hat einem roten Hydranten am Wegesrand ein Leibchen gestrickt. Flauschig gestreift. Rosa, blau, orangefarbene Bömmel, grün, beige, Bömmel, blau, weiß, Bömmel, grün, rosa. Links und rechts gucken wie Armstümpfe die Schlauchkupplungen heraus. Das weiße Köpfchen, dem einer Legofigur nicht unähnlich, ist bekrönt mit einem puscheligen Strickmützchen. Genauer besehen handelt es sich dabei um eine Kapuze. Ob Luis angefangen hat? Ich glaube nicht.

Die Stadt vollzustricken scheint *die* neue Masche zu sein. Gestricktes ist das neue Graffiti. Außerdem scheint mir die Stelle viel zu weit entfernt von ihrer Seite zu sein, Südsüdwest, dort, wo der Weg einen Bogen beschreibt, ovales Pendant zum Flughafengebäude. Hinterm Maschendrahtzaun S- und Autobahn, A100, Richtung Dresden und Neukölln, Abfahrt Oberlandstraße.

Oder anders. Freitagnachmittag. Sommernachmittag. Juninachmittag. Das Jahr nähert sich seiner Mitte. Die Luft ist lau, der Himmel blau, mit wenigen Wolken betupft. Auf der Tempelhofer Seite ist weniger los als in der hipperen Ecke. Grüppchen lagern im Gras, Pärchen liegen aufeinander. Ruhig ist es. Das Rauschen des nahen Verkehrs könnte man für das eines fernen Meeres halten. Die Kaianlagen des Hafens

sind deutlich am Horizont erkennbar. Sonnenlicht wird reflektiert von der weißen Kugel des Leuchtturms.
Ich bin der einzige Fußgänger auf der asphaltierten Strecke, in deren Mitte in regelmäßigen Abständen große rosafarbene Punkte gemalt sind. Ständig werde ich von Menschen auf Rollen und Rädern überholt. Immer wieder weiche ich Entgegenkommenden aus. Wer ohne Hilfsmittel verkehrt, joggt. Bewegung ist das neue Entspannen.
Vorm Ausgang zum Ringbahnhof besteige ich eine rote Infotonne. Käme Kaiser Wilhelm unverhofft vorbei, vergeblich die Paradepappel suchend – welche ziemlich genau zwischen meinem Hochstand und dem Südende des Flughafenbaus gestanden haben muss –, würde er hier Ersatz finden, wenn auch keinen Schatten.
Vor mir manövriert kein Militär. Überhaupt herrscht in meinem Panorama wenig Bewegung. Es wird eher gesessen im niedrigen, mehr gelben als grünen Gras. Lediglich Sondereinheiten des Heers der Pfandflaschensammler sorgen für Abwechslung und leises Klirren, das in der Luft liegt wie das Fiepen junger Küken.
Abrupt zerbricht die Ruhe. Mein Standort beginnt zu vibrieren. Jemand trampelt die blecherne Treppe herauf. Als er in meinen seitlichen Blick gerät, erstarrt er für einen Moment, sodass ich ihn wie ein erschlagenes Insekt betrachten kann. Die fleischigen Lippen halb unter einem buschigen Schnurrbart verborgen und die Augen hinter den von Blau ins Violette changierenden Gläsern einer altmodischen Sonnenbrille mit Metallgestell, während er auf dem Kopf ein lederndes Basecap trägt, ein sehr eng anliegendes, als verjünge sich sein Kopf rapide zum Scheitel.

chan|gie|ren [ʃãˈʒiːrən] ‹sw. V.; hat› [frz. changer < spätlat. cambiare = wechseln]: 1. (bildungsspr. veraltet) *wechseln, tauschen, verändern.* 2. *(von Stoffen) [verschiedenfarbig] schillern:* der Stoff changiert [grün und blau]; changierende Seide.

Zu hören ist von ihm nichts, allenfalls ein Stöhnen, ein Ächzen, das eher klingt, als knarre in seinem Inneren ein Gelenk. Er stellt sich neben mich, viel zu nahe für zwei Menschen, die sich ignorieren. Wobei *ich* ihn ja wahrnehme, derweil er den schweren, um seinen Hals hängenden Fotoapparat vor sein Gesicht führt und das riesige Objektiv langsam von links bis kurz vor rechts schwenkt, einlenkend, bevor meine Nase in den Fokus zu geraten droht.

Frage mich, was es da zu fotografieren gibt. Ist der Mann ein Spanner? Besonders viel Erspannbares kann ich nicht entdecken. Keine Entblößungen, nirgends. Trotzdem lässt der Mann ein Grunzen hören. Heftig drückt und drückt er auf seine Kamera ein. »Ein Steinschmätzer«, raunt er. »Das ist doch ein Steinschmätzer, nicht wahr?«

Irritiert mustere ich ihn. Nach ein paar Klicks präsentiert er mir das Display seiner Kamera. Vernebelt von Sonnenlichtreflektionen, ist darauf mehr zu erahnen, als zu erkennen, wohl ein Vogel.

»Der Steinschmätzer ist sehr selten«, sagt der Mann, das Auge wieder am Sucher.

»Sind Sie Ornithologe?«

»Zwangsläufig.« Er betätigt den Auslöser.

»Ein unfreiwilliger Vogelfreund?«

»Hauptsache, es fliegt.«

»Flugzeuge wären Ihnen lieber?«

»Viel lieber. Aber was soll man machen?«

»Tja«, sage ich, »was soll man machen.«

»Früher brauchte ich nicht so ’n Tele. Kann mich gut erinnern, einundsiebzig muss das gewesen sein. Da ist hier eine Lockheed C-5A Galaxy gelandet.« Sein Blick trifft mich durch die Brillengläser. Als keine Reaktion von mir kommt, schiebt er nach: »Das größte Flugzeug der Welt!«

»Toll!«

»War wirklich toll. Hauptproblem hier war’n ja die zu kurzen Start- und Landebahnen. Wer nach Tempelhof flog, durfte nicht vollgetankt sein. Deshalb ham se dann auch auf Tegel gesetzt.«

»Ich dachte, wegen der Lärmbelästigung.«

»Ach was, Lärm! Dieses Gequabbel kam doch nur aus Kreuzberg. Von den Ökofuzzis! Ich hab mein Leben in dieser Gegend verbracht.« Seine Hand wedelt undeutlich Richtung Phantomparadepappel. »Für mich ist das immer Musik gewesen. Ich konnte auch bei offenen Fenstern herrlich schlafen. Und um die Wahrheit zu sagen«, er senkt die Stimme, »mir fehlt was. Das ist mir zu ruhig. Hab ernsthaft überlegt, ob ich rausziehe, zum BER.«

»Wo es ja auch eher still ist, oder nicht?«

Er gluckst. »Da sagen Se wat! Da sagen Se wat!«

Mehr kommt nicht. Wir stehen am Geländer. Er knipst, und ich gucke Vorbeispazierenden beim Vorbeispazieren zu.

»Wissen Sie, ich hätte früher nie gedacht, den Flughafen mal zu überleben. Wir sind quasi gleich alt.« Seine Kamera baumelt ihm vorm Bauch. »Hier war immer was los. Immer gab’s wat zu kieken. Nicht so ’n Monstrum wie Wowis Unvollendeter. Nee, Tempelhof war een Flughafen zum Anfassen. Ich weiß noch, wie es nach dem Krieg kein Lotsenfahrzeug gab. Die Piloten müssen ooch jedacht ham: ›Watten hier los?‹ Weil da ist bloß so ’n Männeken auf’m Fahrrad angekommen, hat den Leuchtstab geschwungen, und det Flugzeuch musste dem denn folgen. War ’n ulkiges Bild. Werd ich nie vergessen. Was war’n se stolz wie Bolle, als se ihr erstes Auto bekommen haben, ’nen Käfer, und hinten stand ›Follow me‹ druff.«

»Das war nach dem Krieg? Noch vor der Blockade?«

»Nee, die war da lange vorbei. Ich hab ja oft mithelfen dürfen. Alle paar Minuten ist so ’n Brummer anjekomm. War ’ne janz schöne Menge. Alles, was aus der amerikanischen Zone kam, landete in Tempelhof.«

Mein Versuch, die historische Situation nachzuvollziehen, bleibt blass. Wie mag das gewesen sein – ein Flugzeug nach dem anderen?

»Kamen die von dort?« Ich zeige in Richtung Butterkeksfabrik.

»Nee, die flogen noch mal ’ne Schleife, je nach Windrichtung. Die kamen ja aus’m Süden, flogen ’ne Schleife, sogar über Ostberlin rüber, und dann sind se entweder von links oder rechts hier runter«, er streckt seine Arme aus, »reihten sich auf dem Vorfeld ein und wurden ratzfatz entladen. Kaum stand das Flugzeug, kam auch schon ein Laster an. Und wir meldeten die Ladung dem Hauptquartier und der Zählstation. Musste ja alles seine Ordnung haben.«

»Deutschland halt.«

»Ja, is ja auch gut für den Überblick! Sonst haste am Ende nur Kohlen und keene Butter mehr. Kohle wurde übrigens hier vorne in Bahnwaggons umgeladen.« Er deutet auf ein von Gras überwuchertes Gleis in der Nähe. »Die kam zum Umschlagplatz am Teltowkanal. Alles andere wurde über die Straßen in der Stadt verteilt.«

»Ich find's so komisch, dass die Maschinen Rosinenbomber genannt wurden, wo Rosinen doch bestimmt eher selten gebracht wurden.«
»Tja.« Er bläst die Backen auf. »Kaugummis gab's. Und Schokolade. Die Steppkes sind janz jieprig drauf jewesen. War 'ne wilde Schau, wie das Zuckerzeugs an kleinen Fallschirmen herabgetrudelt gekommen ist.« Trotz der getönten Brillengläser sehe ich seine Augen glänzen. »Die Piloten haben das vor der Landung aus dem Cockpitfenster geworfen. Und ein paar Jahre vorher ham se noch Bomben hergeflogen.«

jie|prig ‹Adj.› (landsch.): *heftiges Verlangen in sich verspürend, in den Genuss von etw. zu kommen; gierig:* er griff j. nach dem Kuchen.

»Wahnsinn!«
»Das könn' Se laut sagen. Alles Wichtige kam aus der Luft. Sogar Unterhosen.«
»Das muss ein komisches Gefühl sein: in Unterhosen rumzulaufen, die einem der ehemalige Feind gebracht hat.«
»So wurden die Alliierten unsere Freunde.«
»Kamen so die Boxershorts nach Deutschland?«
»Wie kommen Sie denn da drauf?«
»Oder können Sie sich Hitler in Boxershorts vorstellen?«
»Ich kann mir den Adolf überhaupt nicht in Unterwäsche vorstellen.«
»Ja, ich auch nicht.«
Anderes, Aktuelleres wäre mir als Schimäre lieber. Einmal schütteln und gut. Will das Bild aus meinem Blick wischen. Will nicht mit ansehen, wie Luis in einiger Entfernung über die Rollbahn schlendert. Oder ist sie eine Illusion? Trugbild meiner Phantasie. An jeder Ecke taucht sie mir auf. Wo das

gar nicht ihre Ecke ist! Und sie hat kein Skateboard dabei. Stattdessen einen langhaarigen Schlacks.

Schi|mä|re, (bes. österr.:) Chimäre, die; -, -n [frz. chimère < lat. chimaera, ↑ Chimäre] (bildungsspr.): *Trugbild, Hirngespinst*: einer S. nachjagen.

»Darf ich mal durch Ihre Kamera gucken? Nur kurz?«

Irritiert offeriert mir der Mann sein schweres Gerät. Den Gurt behält er um den Hals, sodass ich mit dem Oberkörper sehr nah an ihn heranmuss. Ich rieche sein Rasierwasser, eine typische Note, Old Spice oder so.

»Ist Autofokus«, sagt er, »Zoom ist rechts«, und ich brauche nicht lange, bis ich im Sucher habe, was ich lieber nicht finden wollte: Luis in knappen, dunklen Shorts. Die Beine etwas weiß, schlank, aber nicht dürr. Das Top, das sie trägt, ist ebenso knapp, zeigt Schultern und Dekolleté. Offenbar geht es ihr blendend. Der Anblick gäbe ein gutes Foto ab. Ein Foto, das ich gern in mein Portemonnaie stecken würde, um es bei Gelegenheit, bei jeder Gelegenheit, hervorzuholen. Seht her, das ist sie, die mich immer wieder zum Tempelhofer Feld zieht.

Wäre da nur nicht der Typ neben ihr. Der verdirbt das ganze Bild. Ausgewaschenes T-Shirt, auf dessen Rücken sein zum Zopf gebundenes Haar liegt. Blonder Bart, Helmut-Kohl-Brille, die Hände in den Taschen der tief hängenden, ausgebeulten Jeans und ein Grinsen, das meines sein könnte. Was er erzählt, scheint unglaublich amüsant zu sein.

»Und? Was Interessantes zu sehen?«

»Nein.« Ich gebe dem Mann die Kamera zurück. »Danke. Ich muss jetzt auch mal.«

Oder anders. Weil es nicht sein kann. Was mache ich auch hier? Das Tempelhofer Feld wird mir zur fixen Idee, fixiert mich auf ein Mädchen, auf eine junge Frau. Eine jungenhafte Frau mit federnden Bewegungen macht mich fix und fertig. *Hallo? Bist du mir nachgelaufen?*
Am Fuß der Treppe hat die rote Aussichtstonne eine Luke. Eine Tafel mit Eisabbildungen veranschaulicht ihren Zweck. Im schattigen Inneren ein lockiger Jüngling, der mich erwartend betrachtet.
»Gibt's hier was zu trinken?«
»Jep!« Er deutet auf einen an den Tresen geklebten Zettel, der diverse Getränke aufführt, dahinter die Preise. »Leider sehr teuer«, sagt der Verkäufer.
»Ist das Wasser wenigstens kalt?«
»Sicher! Mit oder ohne?«
»Mit«, sage ich. Laut Liste zwei fünfzig für den halben Liter.
Er gibt mir eine grüne Plastikflasche mit italienischem Markennamen auf dem Etikett. »Zwei fünfundsiebzig.« Als ich stutze, fügt er hinzu: »Ist Pfand drauf.«
Ich gebe ihm das Geld, laufe Richtung Flughafengebäude und somit nicht Gefahr, Luis und ihrem Kerl zu begegnen. Zeigt sie ihm unsere Tomate? Dass sie auf so einen abfährt! Oder ist er ihr unangenehm? Schleichen die beiden deshalb am anderen Ende des Geländes rum?
Das Wasser prickelt im Rachen, vermag aber nicht, meinen Durst zu löschen. Überall fröhliche Menschen, und ich fühle mich wie der Flugpionier, der hier ein Luftschiff aus Aluminium vorführte, vierhundert Meter in die Höhe stieg, als der Antriebsriemen von der Riemenscheibe rutschte, sodass der Wolkenkahn manövrierunfähig forttrieb bis nach Wilmersdorf, wo er notlanden konnte.

Bei mir ist auch etwas verrutscht. Meine Notlandung auf dem Tempelhofer Feld mag folgerichtig sein, doch ständig zurückzukommen, um die Trümmer meiner Abdrift zu bestaunen, kann keine Lösung sein. Graf Zeppelin hatte den missglückten Jungfernflug vom Tempelhofer Boden aus beobachtet und konstruierte daraufhin ein eigenes Modell, dem er seinen Namen gab, um Weltberühmtheit zu erlangen, bis diese jenseits des Atlantiks lodernd verpuffte.
»Hold for/FOLLOW ME«, steht auf einem gelben Schild im wuchernden Gras. Follow me, if you can. *Und – willst du mal?* Ready to lift-off. Das Flughafengebäude im Rücken, passiere ich einen sandigen Bolzplatz, an beiden Seiten Tore, eingerahmt von Wiese. Der asphaltierte Weg führt mich an einer eingezäunten, zugewucherten und halb verfallenen Baracke vorbei, laut zweisprachigem Erklärschild ein »SCHIESS-STAND/DER US AIR FORCE«, eines der »Relikte historischer Nutzung«.
Bin ich auch das Relikt einer stillgelegten Geschichte? Gestatten, ein im zwanzigsten Jahrhundert Zurückgebliebener. Der übrig gebliebene Hüter gedruckter Worte. Die möglichen Anschlüsse verspäten sich auf unbestimmte Zeit.

Oder anders. Wegen dichter grüner Bäume und einer leichten Steigung lässt sich der flächige Charakter der Gegend für einen Moment ausblenden. Auf einer Wiese, die durch eine Pappelreihe gewissermaßen vom Rest des Feldes getrennt ist, lasse ich mich nieder. Schweiß steht mir im Nacken. Das teure Wasser in der Flasche kann kaum noch mit Kühle und erst recht nicht mit Kohlensäure dienen.
Überall Leute, fröhliche Menschen, gepaart und befreundet, bebrillt und bebeutelt. Ich passe nicht zu ihnen, egal wie

viele Leinentaschen ich besitze. Manch eine mag älter sein als die ringsherum Hockenden. Und vor allem älter als die, die hier nicht sitzt, nicht neben mir. Vielleicht sollte ich froh darüber sein. Ich bin vierzig. Mein Leben ist das, was man geordnet nennen kann. Dies ist keine Krise, dies ist nur eine Phase. Etwas Vorübergehendes. Die Angst vor der verpassten Chance.

Im Augenwinkel bemerke ich einen Mann, einen älteren Herren mit glühender Glatze. Drum herum kräuselt sich ein unordentlicher Haarkranz. Vermutlich fiele er mir nicht weiter auf, würde er nicht auf allen vieren durchs Gras kriechen. Wiederholt spricht er zu sich selbst, für mich unverständlich, zu leise und womöglich in einer fremden Sprache. Ich meine, einen osteuropäischen Klang herauszuhören und schließlich – diesmal sehr deutlich und international – einige Schluchzer. Als diese verstummen, erschrecke ich. Bewegt der sich überhaupt noch? Weil alle anderen mit sich selbst beschäftigt sind, fühle ich mich verantwortlich, wenn auch widerwillig.

»Geht's Ihnen gut?« Ich rüttle an einer Schulter des Mannes. Sein Kopf dreht sich. Rötlich schauen mich traurige Augen an. Er nickt und setzt sich auf. Klein ist er, klein und rund. »Alles in Ordnung, ja, danke.« Das war vollkommen akzentfrei. »Ich glaube, ich bin an diesem Ort geboren.« Sein Finger weist auf die Wiese.

»Auf dem Feld?«

»Es gab ein Lager. Wo wir jetzt sitzen.« Aus der Hosentasche zieht er einen zerknitterten Zettel, die zusammengefaltete Schwarz-Weiß-Kopie eines Kartenausschnitts. Bunt sind Linien eingezeichnet. »Meine Mutter ist vor einigen Monaten gestorben.«

»Das tut mir leid.«
»Sie war alt, und –«, er räuspert sich. »Ich habe das noch niemandem erzählt – sie war überhaupt nicht meine Mutter.« Den Tränen nah, zieht er die Nase hoch. »Beim Auflösen der Wohnung habe ich einen Umschlag gefunden. Eine blaue Glasperlenkette war darin und vergilbte Papiere mit Hakenkreuzen, Naziformulare, fein säuberlich getippt, und ein anderer Zettel, die Schrift meiner Mutter, hastig ein russischer Name und der eines Dorfes. Ein kleines Dorf, ich habe es im Internet gefunden. Ich bin nicht der Sohn meiner Eltern. Sie haben es mir nie gesagt.« Er schluchzt. »Außerdem steht auf dem Zettel: ›Fremdarbeiterlager, Lufthansa, Columbiadamm‹.«
Als ich ihm aus einem Impuls heraus meine Hand reiche, ergreift er sie mit warmem, festem Druck. So sitzen wir ungezählte Zeit im Gras. Der Sohn einer Russin und ich, dessen Vorfahren seine ihm unbekannte Mutter gezwungen haben, Flugzeuge zu bauen, aus denen ihre Heimat mit Bomben beworfen wurde.

EIN NEUNTER TAG

Oder anders. Ein Schnurren liegt in der Luft, Hartgummirollen auf Marmor. Zwischendrin das Klackern der Bretter gegen Stufen und Steinplatten. Ausrufe wie »Yeah!«, »Yesss!« und »Fuck!«. Einem Grünbemützten rutscht sein Board unter den Füßen fort, wirft ihn ab wie einen scheiternden Rodeoreiter und knallt gegen einen Betonblock. Fluchend rappelt sich der Kappenmann auf.

Sie ist die einzige Frau inmitten der skatenden Jungs. Ihren Bluejeans fehlen die Beine, die Taschen liegen frei, weiß auf hellbrauner Haut. Im Affenzahn nähert sich Luis der viel zu steilen Rampe, geht in die Knie und beugt – die Arme ausgestreckt – den Oberkörper vor, während sie abhebt. Das Board klebt ihr dabei an den rot gestreiften Chucks. Nach einer Vierteldrehung in der Luft landet sie federnd auf dem Plateau der Anlage und fährt schlängelnd, das Tempo senkend, zum Rand. Sie grinst mir zu, gestattet sich ein kurzes Winken. »Hey!« In den Gläsern ihrer rotrandigen Plastiksonnenbrille blitzt Sommerlicht.

Oder anders. An einem drückend heißen Tag trägt Luis eine Mütze mit bunt gehäkeltem Muster, wenn auch eher so, wie der Papst seine Kappe aufsetzt. Ihr T-Shirt ist orangefarben, ihr Lächeln breit. Und in der Luft hängt der Geruch verbrannter Kekse.

Einen Tag vor dem längsten des Jahres sitze ich am Rand der Marmorstein- und Betonlandschaft, die sich »Vogelfreiheit«

nennt und aus Treppen, Wellen, Absätzen und Blöcken besteht. Das ist die Bühne des Skate-Theaters. Ich sitze im Gras, denn das, was gemauerte Bänke und Hocker sein könnten, dient ebenfalls als Rollfläche. Gerade lässt ein Vollbärtiger mit der Körperhaltung eines Sirtakitänzers die Achsen seines Boards an der Kante einer dieser Bänke entlangschleifen.

Hinterm Zaun, der das Feld eingrenzt, rechts neben der Butterkeksfabrik und von hohen Bäumen umstanden, der Backsteinbau mit dem historischen Schriftzug »UFA Tonfilm-Ateliers Tempelhof«. Tonfilm! Wo dort doch vor allem große Stummfilme entstanden sind. Die Lage neben Ringbahn und Flughafen war für Sprachaufnahmen bestimmt nicht optimal.

Das Klackern der Bretter hätte gewiss weniger gestört. Am anderen Ende der Anlage steht ein kleiner, einstöckiger Betonwürfel mit großen Fenstern und Außentreppe, der aussieht wie die aus Resten eines Ostberliner Plattenbaus zusammengesetzte Kontrollzentrale, ein Tower für die fliegenden Bretter. Cleared for take-off.

Oder anders. Ich liege auf der Wiese, und der Himmel ist weiß von unzähligen Fallschirmen, trudelnden Taschentüchern, in denen sich laue Luft bauscht und Rosinen in meinen Mund segeln lässt. Ein Brummen hängt mir in den Ohren, ein Sausen und Brausen. Geschäftiges Klappern und Rattern. Löschen der Ladung im Akkord. Dazu das Kreischen und Gejohle der Kinder.

Ich bin selbst ein Kind. In meiner steifen, speckigen Lederhose mit den Eichenlaubapplikationen an den Hosenträgern laufe ich den anderen hinterher, dorthin, wo die nächsten

Zuckerbomben zu Boden gehen. Und um ein Haar renne ich jemanden um, weil der plötzlich innehält. Da schweben gar keine Schokoladengaben herab. Vor uns rauschen braune Papiertüten nieder, von denen einige aufplatzen und aus denen uns säuerlich riechender Magenauswurf entgegenspritzt. Die silbergraue Maschine, aus der die Stinkbomben gefallen sind, entfernt sich aus unseren Blicken. Ihre Propellermotoren sind längst nicht mehr zu hören.

»Mutter hat neulich schon jeschimpft«, sagt einer der Jungen. »Ihr ist so een Beutel zwischen de Wäscheleinen jerauscht.«

Mit einem Mal nimmt das Dröhnen wieder zu.

»Da komm' se!«, ruft einer.

»Ist doch nicht mal Abend«, ein anderer.

Von Westen her ziehen im Gegenlicht schwarze Punkte auf. In der Ferne heulen Sirenen. Hinterm Schöneberger Rathausturm steigt eine dunkle Rauchwolke auf.

»Los, komm!« Luis streckt mir ihre Hand entgegen. Die anderen Kinder laufen längst übers ebene Feld. Wo soll man sich da verstecken.

»Wohin?«, frage ich.

»Na, wohin wohl?« Ihre gekräuselte Nase. »In den Flughafenbunker!«

»Bis wir dort sind, sind die Bomber doch über uns!«

»Und wenn schon!« Sie zwinkert mir zu. »Der Flughafen wird eh verschont.«

Oder anders. Die Sonne kitzelt mich im Nacken. Nirgendwo Schatten. Mir ist ein bisschen komisch. Schweiß beißt in den Augen.

»Ich hab in so einem Buch über den Flughafen gelesen«, erzähle ich Luis, »dass es in den Zwanzigerjahren Regeln für die Passagiere gab. So sollten sie keine Erbsen, Bohnen und Schwarzbrot zu sich nehmen, weil die zu übermäßiger Gasbildung in den Därmen führen könnten.«

»War Pupen früher verboten? Wäre das Flugzeug sonst abgestürzt?«

»Wer weiß. Auf jeden Fall gibt's die Story, dass Übelkeit damals ziemlich üblich war. Deshalb wurden bereits beim Start gefüllte Kotztüten über Bord geworfen. Die Maschinen waren ja noch offen.«

»Offen?«

»Wie im Cabrio!«

»Krasse Axt! Das muss ja übelst windig gewesen sein!« Sie setzt sich neben mich. »Und man ist da nicht rausgefallen?«

»Seitdem besteht Gurtpflicht.«

»Bei so 'nem Wetter wie heute wär's sehr nice!« Luis wischt sich mit dem Handrücken über die Stirn. Dabei ist kein Tropfen zu sehen. Nichts glänzt. »Voll warm, wa?«

»Wird ja auch mal Zeit«, sage ich. »Morgen fängt schließlich der Sommer an.«

»Wieso morgen?«

»Keine Ahnung. Ist so. Ab da werden die Tage wieder kürzer.«

»Wer macht denn so was?«

»Das Jahr?«

»Das Jahr ist auch so 'n Freak. Kaum hat man sich dran gewöhnt, ist es wieder vorbei.«

»Erst mal kommt der Herbst.«

»Herbst nervt. Liegen überall nasse Blätter rum.« Tief ausatmend lässt sie eine Strähne vor ihrer Stirn tanzen.

»Noch ist ja Sommer.«

»Die Nächte sind am Sommer eh das Beste.«

Ein höchstens Zwölfjähriger lässt mit einem beherzten Tritt das hintere Ende seines Boards auf den Boden schnellen, derweil er den vorderen Fuß zur Spitze zieht und sich dadurch mitsamt Brett in die Höhe katapultiert.

»Machst du Urlaub?«, frage ich Luis, weil mir sonst nichts einfällt. Frage aller Spießerfragen. Hoffentlich fragt sie mich das nicht zurück. Ich hätte die passende Spießerantwort parat.

Luis hebt nur die Schultern. »Keine Ahnung«, sagt sie. »Ja, bestimmt. Hab grad kein Geld. Außerdem muss ich ja für die Uni ...« Sie fasst sich an die Mütze. »Indien muss voll nice sein. Diese Farben, die Menschen da. Na ja, Indien, auch so 'n Klischee. So hippiemäßig. Ich hab neulich mit einem getalked. Der war in Bangladesch. Das ist noch voll untouristisch. Du bist der einzige Tourist, und die Leute sind übelst freundlich zu dir.«

»Ist Bangladesch nicht furchtbar arm?«

»Ja, weil wir so reich sind.« Mit der flachen Hand streicht sie über ihre makellos gebräunten Schienbeine.

»Weil wir unsere Billigklamotten da nähen lassen!«

»Ja! Krasser bullshit! Wobei, der mir das erzählt hat, meinte, es wär auch nicht gut, Sachen aus Bangladesch zu boykottieren. Weil die brauchen die Arbeit. Und überhaupt, es macht keinen Unterschied, ob wir Marken tragen oder bei KiK kaufen. Die Fabrik ist eh dieselbe.«

»Ich würde trotzdem nicht bei KiK kaufen.«

Luis hebt die Sonnenbrille kurz von der Nase. »Seh ich aus, als ob ich bei KiK kaufe?«

»Nein!«

»Na ja, witzig ist es da schon. Wir haben denen mal für 'ne

Bad-Taste-Party den halben Wühltisch leer geshoppt. Und die Deko gab's bei Mäc-Geiz. Snacks und Drinks kamen von Lidl. War voll hardcore. Man fühlt sich gleich so richtig billig.«

»Lidl find ich in Ordnung.«

»Echt?« Luis verzieht das Gesicht. »Nee, das ist so poverty in real. Also, wenn du hier in Neukölln zu Lidl gehst. Die Leute, die da einkaufen … Und erst mal, die da arbeiten … Voll no-go! Außerdem, im Gemüse sind bestimmt übelst viele Pestizide.«

»Kaufst du immer bio?«

»Besser isses, oder? Aber bio ist mir manchmal zu *pc*. Nutella find ich einfach cooler als Rapunzel-Schokoaufstrich. Wir haben in der WG schon öfter diskutiert, ob wir vegan werden wollen.«

»Das könnte ich ja nicht.«

»Ist auch krass. Ich hab das mal so zwei Wochen durchgezogen. Ist voll lange her. Da war ich noch zu Hause. Jetzt bin ich meistens vegetarisch. Wobei so 'n richtig krasser Burger …«

»Wenn man hier zum Feld läuft, kommt man an so 'nem Burgerladen vorbei«, sage ich. »Auf der Tafel steht, dass die auch vegane Burger machen.«

»Ja, die sind echt cool! Die backen sogar ihre Brötchen selber.«

»Aber 'n veganer Burger? Ich mein, bei uns im Wedding gibt's so 'ne Currybude. Da frag ich mich oft, ob bei denen in den Buletten wirklich Fleisch drin ist.«

»LOL!« Luis lehnt sich zurück, die Hände hinter sich im Gras.

Direkt vor uns lässt einer mit nass geschwitztem Shirt sein

Brett über mehrere Stufen springen. Er selbst bleibt unten hängen.
»Ist das nicht beknackt?«, sage ich. »Vegetarier sein wollen und nicht auf Wurst verzichten können?«
»Man hat sich ja nur gegen den Inhalt entschieden, nicht gegen die Form.« Ihr Blick im wolkenlosen Himmel. »In Kreuzberg kenn ich ’ne coole Bude, die bauen dir auch Fish-Macs und Bacon-Cheese-Burger zu hundert Prozent vegan nach. Da müssen wir mal hingehen!«
»Ja, gerne.«
»Cool!« Sie kneift ein Auge zu. »Wette, du würdest nicht mal merken, dass da gar kein Fleisch drin ist.«
»Ich glaub schon.«
»Ich glaub nicht.«
»Na, doch!«
»Von wegen!« Sie richtet sich wieder auf.
Und dann geschieht es. Für die einen ist es nur ein Zeigefinger, der meine Seite berührt, so kurz und weich, dass ich es mehr erahne als spüre. Für die anderen ist es die beste Berührung der Welt. Übertreibung ist die neue Zufriedenheit. Wer will noch mal, wer hat noch nicht?
»Hey!«, spiele ich den Empörten und pikse zurück.
Damit hat sie nicht gerechnet und gibt mir ihrerseits erneut den Finger. »Das geht hier ja zu wie bei Facebook!«
»Wieso das?«
»Na, diese ewige Stupserei!«

Stụps, der; -es, -e [zu ↑ stupsen] (ugs.): *Schubs.*

»Ich bin nicht bei Facebook«, sage ich.
»Cool!«
»Cool?«

»Nur die echt Coolen sind nicht bei Facebook.«
»Ich bin also cool?«
»Vielleicht auch ein bisschen old-fashioned.«
»Ist das nicht das Gegenteil von cool?«
»Mal so, mal so.«
»Ist ›cool‹ das neue ›out‹?«
»Erst wenn ›out‹ das neue ›in‹ ist. Aber Facebook ist echt gähn. Spießer's Paradise. Dein Leben in drei Sätzen. Sag, wer du bist und was du tust, und wir liefern dir die passenden Produktinformationen dazu.« Sie schiebt die Hand unter ihren linken Oberschenkel. »Ich bin da auch nur, weil man nicht mehr rauskommt, ist man einmal drin.«
»Ehrlich?«
»Glaub ich jedenfalls. Wenigstens hab ich 'nen Nick, den niemand findet.«
»Und der wäre?«
Sie zeigt mir einen Vogel. »Hältst du mich für blöd?«
»Ich bin sowieso nicht bei Facebook.«
»So oft, wie ich dich hier treffe, brauchen wir eh kein Facebook.«
»Ist das schlimm?«
»Quatsch, nee! Solange du noch ein anderes Sozialleben hast, als hier abzuhängen.«
»Und du?«
»Ich ja. Bin vorhin sogar im Real Life auf 'ne Party eingeladen worden.«
»Im Real Life?«
»So 'n Typ, den ich voll lange kenne, ich weiß nicht mal, woher. Keine Ahnung, ob ich da nachher hingehe.«
»Du legst dich auch nicht gerne fest.«
»Muss ich jetzt schon wissen, was ich heute Abend mache?«

»Ich dachte fast, es wäre Abend.«
»Gehst du um halb acht auf ’ne Party?«
»Manche Menschen machen sich um diese Zeit ausgehfertig. Spätestens!«
»Klunkerchicks! Weil die nie wissen, was sie anziehen sollen.«
»Ist das bei dir anders?«
»Was meinst du?« Sie dreht sich leicht zu mir, streckt die Arme aus. Einladung, sie genauer anzugucken. Der Fanta-Aufdruck ihres T-Shirts wirkt ausgewaschen. Es ist tailliert, und in der Mitte läuft eine Falte gerade hinab. Glatt ist der orangefarbene Stoff lediglich an der Brustausbeulung, da, wo das Logo prangt, das alte mit den drei stilisierten Apfelsinen und dem grünen Blatt. Erwartet sie jetzt von mir, dass ich ihr sage, wie sehr ihr das steht? Steht ihr ja auch.
»Auf’m Kindergeburtstag biste damit der Star«, sage ich.
»Du weißt, was Frauen hören wollen, wie?«
»Wusstest du, dass es Fanta anfangs bloß in Deutschland gab?«
»Du lenkst ab!«
Sie hat es erfasst.
»Immerhin bleibe ich beim Thema«, sage ich. »Ist doch ’n Funfact!«
»Ist Fanta nicht die kleine Schwester von Coca-Cola?!«
»Ja, nur: Im Krieg konnte in Deutschland keine Cola hergestellt werden. Fanta war im Grunde die Notlösung.«
»Krass! Du bist voll klug.«
»Na ja.«
»Klug und niedlich!«
»Niedlich?«
Wieso sagt sie das denn jetzt? Das kann ich ja nicht so auf

mir sitzen lassen. »Niedlich« ist der große Bruder von »nett«. Und der hat 'ne kleine Schwester. Die trägt Retroshirts mit Limologo. »Du bist viel niedlicher«, sage ich daher.

»Wird das hier 'ne Competition, oder was?«

»Von mir aus bist du genauso niedlich wie ich.«

»Du findest dich also niedlich?« Sie grinst.

»Du hast doch gerade ... Ehrlich gesagt ist es mir egal, ob ich niedlich bin oder nicht.«

»Mir nicht.«

»Was jetzt? Meine Niedlichkeit oder deine?«

»Du hast wenigstens nicht so 'nen Riesenzinken im Gesicht!«

»Deine Nase, oder was?« Vergeblich halte ich Ausschau nach dem bislang übersehenen Riesenzinken.

»Ja, was sonst? Meine deutsche Nase. Die habe ich von meinem Vater. Ansonsten komme ich voll nach Mama.«

Im Profil ist ihre Nase – verglichen mit dem zierlichen Rest ihres Körpers – durchaus auffällig. Keinesfalls riesig, höchstens markant. Ihre deutsche Nase! Auf so eine Bezeichnung wäre ich nie und nimmer gekommen.

»Ich finde, die Nase passt gut zu dir.«

»Wie soll ich das denn verstehen?«

»Wie *willst* du es denn verstehen?«

»Findest du mich forsch?«

»Forsch?«

forsch ‹Adj.› [aus dem Niederd., niederd. fors = kräftig, zu mittelniederd. forse = Kraft, Macht < frz. force, ↑ Force]: *[leicht allzu] entschlossen u. energisch; resolut, zupackend:* ein -er Bursche; ein -er Stil; er ist sehr f.; f. auftreten.

»Ich glaube, Frauen mit großen Nasen gelten als besonders forsch.«
»Weil sie ihre Nase überall reinstecken?« Ich muss lachen.
»Genau!« Luis bleibt ernst, macht ein bisschen auf schmollig.
»Du hast aber gar keine große Nase.«
»Das sagst du nur, weil du mit auf die Party kommen willst.«
»Würdest du mich nicht mitnehmen, wenn ich deine Nase doof fände? Was ich ja sowieso nicht tue.«
»Stimmt, du bist mir ja neulich auch nachgelaufen!«
Oje! Sie denkt noch dran. Zumindest guckt sie dabei freundlich.
»Was heißt nachgelaufen? Das war reiner Zufall.«
»Ich bin dir gar nicht aufgefallen? Du bist mir nämlich schon aufgefallen.«
»Ehrlich?«
»Du hast so schön geglotzt. Macht ja sonst keiner. Die Leute starren krampfhaft aneinander vorbei. Und sagt mal einer was, ist es meistens bloß 'ne billige Anmache.«
»Mir ist mehr so dein Board aufgefallen.« Wie es ihr zwischen Rucksack und Rücken hing.
»Echt? Das ist ja … Das hat ja noch nie einer …! ›Du hast zwar eine große Nase, aber ein übelst stylisches Board.‹«
»Dein Board hat mich zu keinem Augenblick interessiert.«
»Das wird ja immer schöner. Junger Mann, passen Sie auf! Sonst reden Sie sich um Kopf und Kragen.«
»Neien! Ich hab halt gedacht: Wo die hingeht, möchte ich jetzt auch hingehen. Da könnte es schön sein. Schließlich war das mein Geburtstag …«
»Dein Geburtstag?! Und du hast mir nichts gesagt?«
»Wir kannten uns ja nicht. Sagst du jedem, dass du Geburtstag hast?«

»Logo! Ich will schließlich Geschenke!«
»Siehste! Ich habe Angst vor Geschenken.«
»Wie verkorkst muss man sein, um Angst vor Geschenken zu haben?«
»Ich bin nicht verkorkst. Nicht mehr als die meisten anderen. Nur kann ich mich nie so recht über Geschenke freuen.«
»Weil du nicht die richtigen kriegst.«
»Doch!«, sage ich. »Ich wünsche mir ja sogar vieles. Aber davor habe ich auch keine Angst.«
»Gelangweilt bist du trotzdem davon, weil du dir das meiste selber kaufen könntest. Das ist das Blöde am Erwachsensein. Was uns überrascht, ist selten positiv. Du hast einfach Angst vor Enttäuschungen. Würde dir jemand eine riesige Torte ins Zimmer schieben … Hey! Guck dir das an!« Sie zeigt auf den mit dem grünen Cap, der gerade über eine hohe Kante gesprungen ist, ohne vom Board zu fliegen. »Du kannst es ja doch!«, ruft sie ihm zu.
Die lachende Antwort ist zu leise.
Sie zwinkert mich an, lächelt, nickt, hält inne. »Ach ja! Würdest du so 'ne Torte kriegen, ahnst du ja, dass da gleich jemand rausspringt. Wieso sonst solltest du eine riesige Torte kriegen? Also rechnest du mit dem Schlimmsten. Es wird irgendein stupid Gag sein.«
»Eine Stripperin!«
»Zum Beispiel. Und die wäre dir unangenehm, vor allem wenn – und das ist ja der Fall – noch jemand im Raum ist.«
»Aber das ist doch auch Quatsch! Wer bitte verschenkt solche Torten?«
»*Ich* vielleicht?« Wieder diese Pseudoempörung in ihrer Stimme. Ein bisschen affektiert. Mir gefällt das.
»Obwohl es mir unangenehm wäre?«

»Ich müsste mich ja nicht ausziehen nach'm Raushüpfen. Das wäre mir genauso unangenehm.«
»Ich denke, *du* schenkst mir die Torte. Da kannst du ja nicht gleichzeitig drinhocken.«
»Und ob ich das kann. Du wirst schon sehen!«
»Siehste! Auch du nimmst mir nicht die Angst vor Geschenken!«
In der Ferne setzt diverses Kirchengebimmel sein.
Luis steht auf. »So, ich geh jetzt.«
»Ach so?« Ich bin ehrlich überrascht.
»Du nicht?«
»Tja, was soll ich hier allein?«
»Komm mit mir!« Sie greift sich ihr Skateboard.
»Wohin denn?« Ich rapple mich auf.
»Ist doch egal.«

EIN ZEHNTER TAG

Oder anders. Auf Regen folgt Sonnenschein. Vom heftigen Gewitter der vergangenen Nacht ist nachmittags nichts mehr zu erahnen, allenfalls ein paar von den Rändern herbeigewehte Zweige und Blätter auf dem Asphalt der Rollbahn. Verzogen sind die letzten dunklen Wolken, der Sommer kann also beginnen. Was stört mich da mein in den schweren Beinen lagernder verpasster Schlaf? Müdigkeit ist die neue Ekstase.

Den Weg vom U-Bahnhof bin ich geradezu gerannt. Das Tor zum Feld zu durchschreiten ist mir ein inneres Sackhüpfen. Die grüne Weite vor mir und darüber ihr Pendant in Blau, voneinander gerade mal durch einen dünnen Streifen Stadt getrennt. Hier bleibt sie außen vor. Hier verliert sie an Bedeutung. Ihr Rattern und Röhren, das Drängen und Dröhnen verebbt, kaum hat man das Gelände betreten.

Wer Freude zu sehr nach außen trägt, wird schnell als verrückt abgestempelt. Möglicherweise bin ich ja verrückt. Alles so wunderbar vertraut hier, möchte jeden umarmen. Winke einem Paar zu, dessen Münder sich gerade getrennt haben. Sie ignorieren mich, glauben nicht, dass ich sie gemeint haben könnte. Dabei sind wir, ohne uns je gesehen zu haben, eng miteinander verbunden.

Ich mache meine Runde – von der einen Bahn zur nächsten und schließlich zum Skatespot. Dass ich kein bekanntes Gesicht sehe, enttäuscht mich ein bisschen, tut meiner guten

Laune jedoch keinen Abbruch. Als ich den Gesprächsthemenverteiler entdecke, bekomme ich Lust, ihm einen seiner Umschläge abzukaufen. Nicht weil ich nach Originellem suche, ich möchte lediglich, dass auch er sich freut. Er guckt in meine Richtung. Noch außer Hörweite, grüße ich ihn wie einen guten Kumpel. Unverständlicherweise dreht er sich um und scheint es schlagartig eilig zu haben. Was mich durchaus irritiert.

Oder anders. Der Google-Punkt ist überschritten. Luis und ich haben ihn überschritten, ohne uns groß bewegen zu müssen. Nur die Lippen, die Zungen und die Augenlider. Genau genommen hat Luis vom Google Point gesprochen. Hat gesagt, das sei der Moment, an dem man vom anderen mehr erfahren möchte und vor Google sitzt und den nicht vergessbaren Namen eingibt, selbst wenn man bloß den Vornamen kennt und es bei Tageslicht betrachtet sinnlos ist. Da sei man geneigt, unsinnige Suchzusätze einzusetzen. *Sven + Tempelhofer + Feld* zum Beispiel. Das sei so eine Heartbeat-Situation, eine Art Last Call der Neugier, bevor der Rave der Emotionen starte. Dance me to the end of Neugier.
Aber, habe ich gedacht und mich nicht getraut zu sagen, fängt das nicht viel früher an? Ist es mit dem ersten Kuss im Grunde nicht schon zu spät? Auch ich war versucht, sie zu googeln, und das nicht erst heute Vormittag. Ich wäre mir jedoch lächerlich vorgekommen, hätte ich *Luis + Skateboard* eingegeben. Oder *Tempelhof + häkeln + Paradies.* Vielleicht hat sie sogar einen Blog. Oder sie schreibt regelmäßig in Foren. Ach, wüsste ich nur ihren Nickname! Ach, könnte ich einfach durch die virtuellen Flure ihrer Mitteilsamkeit

gleiten, ein Ohr legen an die Tür zum Flüsterraum ihrer Gefühle.

Manche Menschen sind der anonymen Weite des Internets gegenüber ehrlicher als zu sich selbst. Von Markus gibt es die Geschichte, wie er mal beim Googeln rein zufällig gestolpert ist über einen Brief, der sich eindeutig an ihn richtete, den er jedoch nie erhalten hatte. Eine seiner Affären hatte den Text Jahre zuvor in einem Herz-Schmerz-Forum zur Diskussion gestellt.

Aus einer plötzlichen Laune heraus fütterte er die Suchmaschine mit dem so originell wie seltenen Namen einer längst geschlossenen Kneipe, um zwischen allerlei Beiläufigkeiten unverhofft einen Ausschnitt eigenen Lebens zu finden. Schilderungen, mit denen niemand sonst etwas anzufangen wüsste. Verpeilte Momente kurzfristigen Glücks, die fast vergessen waren, so aber auf unbestimmte Zeit – nennen wir sie Ewigkeit – dokumentiert sind.

Die Fährte erst einmal aufgenommen, war es Markus möglich, die fortgeschriebene Intimbiografie der längst aus den Augen Verlorenen nachzulesen, bis zu dem Zeitpunkt, an dem jener das Interesse an der Kommunikation mit fremden Forenteilnehmern vergangen war oder sie es gar vorgezogen hatte, die virtuelle Entblößung unter einem neuen Namen fortzusetzen.

Ich möchte nicht erst in unbestimmbarer Zukunft erfahren, wie Luis der Kuss geschmeckt hat. Ohnehin nicht mehr als ein Kostehappen, war in mir der Appetit geweckt. So sehr, dass ich keinen Hunger verspüre auf feste Nahrung.

Oder anders. Den dahinten kenne ich! Ist das nicht der Typ von neulich? Der, mit dem ich Luis gesehen habe, als ich auf der Birdwatcher-Tonne stand? Olle Klamotten, Zopf und Kassenbrille. Ohne Teleobjektiv kann ich das nicht mit Gewissheit sagen. Ich folge ihm. Unter Umständen führt er mich zurück in die Realität und sich direkt in die Arme von Luis.

Zügig schreitet er Richtung Radarturm, biegt an einer Kreuzung ab, links ein Toilettencontainer, rechts eine weitere Infotonne, überquert diagonal eine Wiese, an die ein Baseballfeld grenzt. An dessen Zaun eine riesige Schrifttafel mit weißen Großbuchstaben. »ALL OUR SPLENDID MONUMENTS / LIPSTICK TRACES ON A CIGARETTE«, beginnt der Fünfzeiler. Ihm gegenüber, Richtung Flughafengebäude, steht was Ähnliches.

Dazwischen Baustelle. Zwei Pausenwagen, provisorische Gitterzäune, dahinter ein orangefarbener Bagger, ausgehobene Erde. Zu spät erkenne ich, dass der Verfolgte genau dorthin will. An einer Zaunöffnung wird er von zwei anderen begrüßt. Einer so alt wie er, große Brille, voller Scheitel. Der zweite hat eine graue Mähne und einen schwarzen Schnauzbart. Mit dem Kinn deutet er in meine Richtung und geht mit dem anderen hinter den Zaun. Der Verfolgte fixiert mich, lächelt. »Kennen wir uns?«

»Nee!« Ich trete näher. »Wollte mal gucken, was das hier ist. Baut ihr was?«

»Im Gegenteil.« Er rückt seine Brille gerade. »Wir sind Archäologen.«

Bingo! Er könnte also wirklich der Mitbewohner von Luis & Co. sein. So aus der Nähe kommt er mir ganz anders vor, ganz sympathisch.

»War hier das ›KZ‹?«, frage ich.

»Nicht ganz! Wir suchen nach Spuren eines Zwangsarbeiterlagers. Dort vorm Ostturm«, er deutet zum Flughafengebäude, »gräbt 'ne andere Gruppe nach Resten des Columbia-Hauses. Das sogenannte ›KZ‹. Mit Lagern wie Auschwitz hatte das aber nichts zu tun. War auch viel früher. Eher 'n Folterknast. Siebenunddreißig, achtunddreißig ham se den abgerissen. Wegen dem Flughafenneubau. Ist wohl kaum was übrig. Selbst die Fundamente sind raus. Wär gar nicht nötig gewesen. Fast wie 'n Schuldeingeständnis. Als sollten alle Spuren beseitigt werden. Falls es mit dem Tausendjährigen Reich doch nicht klappt.«

»Und so 'n Zwangsarbeiterlager war besser als ein ›KZ‹?«

»Sag lieber ›Vernichtungslager‹, ›KZ‹ ist Tätersprache. Die aus ihrer Heimat hierher Verschleppten mussten bis zur Erschöpfung schufften. Die haben sogar Kinder eingesetzt, weil die in die Tragflächen der Flugzeuge reinkonnten.«

»Kann es sein, dass hier auch Kinder geboren wurden?«

»Bestimmt. Fragt sich bloß, wie hoch deren Überlebenschancen waren. Schätze, man hat sie einfach verhungern lassen.«

»Und was findet ihr so?«

»Eher Kleinigkeiten, wie Scherben und Perlen. Was aber die Akten oftmals relativiert. Letztes Jahr haben sie dahinten gegraben.« Er zeigt Richtung Infotonne. »Wir konnten leider nur 'n paar Stiche machen. Nachschauen, was von der Vergangenheit übrig ist. Ursprünglich war ja mal 'ne Gartenschau auf'm Gelände geplant. Und will wer im Berliner Boden buddeln, kommen erst mal die Archäologen.«

»Also auch, wenn's mit der Bebauung losgeht?«

»Dann erst recht.« Er grinst. »Zum Beispiel da, wo die große Bibliothek hinsoll, muss so einiges im Erdreich liegen.«

Oder anders. Am Rand der Gemeinschaftsgärten betrachte ich ein Gerüst, an dem zahlreiche bepflanzte Schuhpaare baumeln. Zwischen den Beetboxen herrscht einiger Trubel. Ich trete näher, und tatsächlich entdecke ich Antonia, die mit zwei Leuten spricht. Ihr wildes Haar wird von einem violetten Band aus der gebräunten Stirn gehalten, und als sie mich wahrnimmt, strahlt sie. »Hey! Komm zu uns! Schön, dich zu sehen!«

Unsere Stimmungen passen gut zueinander. Deshalb nehme ich die Einladung ihrer ausgestreckten Arme an und lasse mich drücken. Sie küsst mich sogar auf die Wange. Ein Blumenduft steigt in meine Nase, wird aber schnell verdrängt von einem säuerlichen Hauch. An Antonias Begrüßungsworten hängt eine Alkoholfahne, vielmehr ein zum Inhalt passendes Fähnchen. »Magst du ’n Schlückchen?« Sie greift nach einer Sektflasche. »Ist auch bio!«

Oder anders. Gemeinsam mit Antonia und einigen ihrer Gärtnergenossen feiere ich den Sommer. Gern würde ich den in anderer Gesellschaft begrüßen, doch so bin ich in meiner Aufgekratztheit wenigstens nicht allein. Und nach Hause gehen kommt gerade nicht infrage. Ich lobe Antonias prächtig gedeihende Pflanzen, von denen viele mit bunten Bändchen an kleine Stöcke gebunden sind. Angeheftete Schildchen verraten das Erwartete.

»Wie akkurat«, bemerke ich.

»Sonst würden die Tomaten ja alle umknicken«, sagt Antonia. »Bei dem Sturm gestern, das wär nicht schön gewesen.«

Oje, denke ich, hoffentlich ist unserer Tomate nichts passiert.

Einer der bei uns Stehenden, ein kleiner Schmaler, kurzgeschoren und mit hellem Blick hinter ovalen Brillengläsern, erzählt einer rundlichen Frau, dass Urban Gardening gar keine neue Idee sei. Er habe da so ’n altes Filmchen bei YouTube gesehen. »Nach dem Krieg ist der Tiergarten völlig kahl gewesen. Und weil Lebensmittel knapp waren, wurde dort halt von den Berlinerinnen und Berlinern Gemüse angebaut.«

»Heute ist ja eher das Zuviel das Problem«, sagt die Rundliche. »Dafür aber nur noch eine Sorte.«

»Was ich eigentlich sagen will: Die Menschen haben sich schon immer die Stadt angeeignet. Neulich bin ich bei Gutenberg.de auf so ’nen Text von neunzehnhundert gestoßen. Da wurde arg drin berlinert, hab ich nicht alles verstanden. Trotzdem, es hieß da, auf’m Tempelhofer Feld habe es massenweise Zichorien – oder wie man das ausspricht – gegeben. Daraus haben die früher Kaffee gekocht.«

»Ist das nicht Muckefuck?«, werfe ich längst vergessen geglaubtes Wissen ein.

Mụ|cke|fuck, der; -s [aus rhein. Mucken = braune Stauberde, verwestes Holz u. fuck = faul] (ugs.): *dünner, schlechter Kaffee; Kaffee-Ersatz.*

»Natürlich! Zichorie!«, ergänzt mich Antonia. »Kennt man doch als Gemeine Wegwarte. Das wächst hier heute noch wie Unkraut.«

Zi|cho̲|rie, die; -, -n ‹griech.›: 1. *Wegwarte.* 2. *Kaffee-Ersatz, der aus den Wurzeln der Zichorie* (1) *gewonnen wird.*

»Ach so«, sagt der Bebrillte. »Na, man kann nicht alles wissen.«

»Ich wusste das auch nicht«, versucht sich die Rundliche in

Solidarität. »Aber gut zu erfahren, dass Zusammenhalt schon früher wichtig war. Dieser Sharing-Gedanke. Das bringt uns total weiter. Weniger Eigentum sorgt garantiert für die Reduktion von Neid. Leute, die etwas gemeinsam haben, streiten sich auch nicht.«

»Es sei denn, das Verliehene geht kaputt«, gebe ich zu bedenken.

»Irgendjemand wird schon da sein und es reparieren können.«

»Noch etwas Sekt?« Antonia hält mir die Flasche hin. »Der Sven arbeitet in 'ner Bibliothek. Und sieht das mit dem Reparieren vermutlich anders.«

»In der Tat«, sage ich.

»Gerade da …«, sagt der Bebrillte.

»Wo denn?«, will die Rundliche gleichzeitig wissen.

»Hiller-Bibliothek.«

»Schiller?«

»Hiller«, verbessere ich, »Kurt Hiller. Nicht gerade bekannt.«

»Und wer war das?«

»Ein Schriftsteller, Expressionist. War im ›KZ‹. Und schwul ist er wohl auch gewesen.«

»Cool«, sagt die Rundliche.

»Ich glaub, nach dem ist in Schöneberg 'ne Grünfläche benannt«, sagt der Bebrillte.

»Hey, Leute!« Eine junge Frau mit komischer Frisur kommt im Laufschritt an. »Ihr habt nicht zufällig den Schlüssel für die Schlauchkiste?«

Bedauerndes Kopfschütteln.

»Irgendein Scherzbold hat da 'n neues Schloss rangetan. Und menno! Ich hab jetzt echt jeden gefragt …« Sie seufzt.

»Wie sollen wir denn dann gießen?«

»Wollen wir das mal angucken gehen?« Der Bebrillte meint die Rundliche. Die nickt. Zu dritt ziehen sie ab.

Ich proste Antonia zu. »Keine Angst vor Wassermangel?«

»Die werden bestimmt 'ne Lösung finden.« Sie stößt ihr Glas gegen meins. »Außerdem ist die Erde von letzter Nacht feucht genug.«

Wir trinken. Obwohl es erst mein zweiter Sekt ist, spüre ich bereits seine Wirkung, die die niederdrückende Müdigkeit aus meinen Gliedern vertrieben hat. Die Sonne tut ein Übriges.

Bald sitzen wir dicht beieinander auf der Bank an ihrer Pflanzenkiste. Antonia riecht immer noch gut, und vom Alkoholatem bekomme ich nichts mehr mit. Beim Setzen ist der dünne Stoff ihres Kleides hochgerutscht. Das hat so ein typisches grün-braunes Muster im Stil einer Retrotapete, ineinanderverwobene geometrische Formen.

»So schlecht ist Sharing übrigens nicht«, sagt Antonia. »Schont die Ressourcen, wenn die Leute sich Autos teilen oder Sofas oder Werkzeuge.«

»Oder Pflanzen!«, rutscht es mir raus.

»Pflanzen?«

»Na, zum Beispiel die Tomate, die du mir geschenkt hast.«

»Ach, richtig! Geht's der gut?«

»Prächtig, ein krasses Monster wächst da ran. Praktisch ein Baum.«

Zumindest war sie das bei meinem letzten Besuch. Warum war ich vorhin nicht dort?, durchschießt es mich. Was, wenn Luis an der Tomate auf mich gewartet hat?

Antonias Gesicht macht ein Fragezeichen.

»Entschuldigung. Wie war das?«

»Wegen des Baumes.«
»Was für ’n Baum? Ach so, unsere Tomate!«
»Nee, die musst du nicht mit mir teilen.« Sie lacht. »Trotzdem, einen Tomatenbaum habe ich noch nie gesehen.«
»Ist ’n sehr kleiner Baum. Früher hießen Tomaten ja mal Paradiesäpfel.«
»Und wuchsen an Bäumen?«
»Nein, aber bei meiner Tomatenpflanze kann man sich das sogar vorstellen.«
»Gute Pflege offenbar.«
»Gute Anzucht.«
»Alles bio. Ich freue mich schon, wenn bei mir die ersten reif sind.« Sie zeigt auf einen Satz kleiner grüner Knollen hinter sich. »Ich dachte übrigens immer, die hießen mal Liebesäpfel – wegen ihrer aphrodisierenden Wirkung.«

Aph|ro|di|si|a|kum, das; -s, ...ka [zu griech. aphrodisiakós = zum Liebesgenuss gehörend] (Med.): *Mittel zur Anregung u. Steigerung des Geschlechtstriebs u. der Potenz* (2).

»Ach so?«, sage ich.
»Ja. Und jetzt kommst du mit deinem Baum der Erkenntnis.«
»Ich?«
»Paradiesapfelbaum ... Liebesapfel ... Erkenntnis ... Wenn in der Bibel von Poppen die Rede ist, dann heißt es immer, ein Mann hätte eine Frau erkannt. Adam ja auch Eva. Nach dem Genuss von Tomaten!«
»Das Unglück fing also mit Tomaten an?«
»Wieso Unglück?« Antonias Körper ist inzwischen so dicht an meinem, dass das kein Zufall mehr sein kann. »Vielleicht müssen wir ja gar nicht warten, bis die Tomaten reif sind ...«

Antonias Oberschenkel sind viel schlanker als gedacht. Bin bemüht, ihr nicht in den Schoß zu glotzen. Nicht aufs Dekolleté. Der Glanz ihrer Augen, moosgrün, gefällt mir auch gut.

Ich sollte besser gehen.

»Noch ’n Schluck?«, fragt Antonia.

»Tja.«

Antonias Lippen glänzen.

»Na gut! Einen letzten.«

Oder anders. Was musste Luis auch abhauen, mich zurücklassen auf dieser Party mit Kohlenkelleratmosphäre trotz drittem Stock? Warum habe ich noch immer nicht ihre Nummer? Wieso beschleicht mich gerade das Gefühl, dass Luis diesen Kuss völlig anders verstanden hat als ich? Für die einen ist es nur ein Kuss, für die anderen die wildeste Knutscherei seit Langem.

Antonia friemelt eine neue Flasche auf. Jetzt müsste ich ihr von Luis erzählen. Von meinem emotionalen Ausnahmezustand. Von den Komplikationen, die dieser verursachen könnte. Es wäre ehrlich, zu sagen, dass ich nach sehr kurzer Nacht beschlossen habe, versuchsweise glücklich zu sein.

Aber ich schweige lieber. Vielleicht, weil mir Antonias Lächeln zu gut gefällt. Vielleicht möchte ich sie auch nicht mit meinen Problemen belästigen. Vielleicht fühlt sich der Moment schlichtweg zu gut an, befeuert vom Prickeln des etwas zu warm gewordenen Sektes. Immerhin bio. Vielleicht sind die Farben, mit denen der weite Himmel um unsere Aufmerksamkeit buhlt, einfach viel zu schön, um die Luft mit Gedanken zu füllen, die so oder so gerade aus der Zwischenablage zu rutschen drohen.

»Lass uns ein paar Schritte gehen!«, schlägt Antonia vor und kichert. Die Flasche nimmt sie mit und ihr Glas auch. Ich meins ebenfalls.
Und so laufen wir nicht mehr ganz linear nebeneinander, wie zwei sich überschneidende Frequenzbereiche uns wieder und wieder anstoßend, hoppla und hurra. Das Leben ist ein Festumzug, falleri, fallera.

Oder anders. Im ungemähten Wiesengras, zwischen Gemeinen und Gewöhnlichen Wegwarten, Kornblumen und anderem Bunten, dort, wo die Feldlerchen brüten, erscheint kurz das im Dämmerlicht undeutliche Gesicht einer Frau, ekstatisierte Fratze, um wieder im Gestrüpp zu verschwinden, wieder und wieder. Diese Beobachtung passt gerade nicht zur Situation. Also versuche ich das regelmäßige Auf und Ab in meinem Augenwinkel zu ignorieren. Möglicherweise bemerkt Antonia es ja nicht. Hoffe ich.
Stattdessen sagt sie: »Sollen die sich mal lieber hinlegen. Bei dem harten Boden zerschrammt sich die Arme ja nur die Knie.«
Als ich Antonia ansehe, prustet sie los, verschüttet dabei den Restinhalt ihres Glases. Ich lache mit ihr, lege kurzfristig sogar meinen freien Arm um ihre Schulter.
»Dabei ist Liebe doch eine ernste Sache«, sage ich.
»Todernst«, sagt sie und grinst nicht einmal.
»Weißt du?«, sagt sie, als wir auf einer der weiß-roten Steinbänke sitzen und unsere Gläser nachgefüllt haben. »So 'n Kommilitone, das war mal 'ne richtig gute Clique, zu Unizeiten. Ist ewig her, da war Schröder noch Kanzler, und die Freundin von dem Typen hat auf ihn geschossen!«
»Geschossen?«

»Ja, wirklich! Schräge Geschichte. Ist nicht groß was passiert, ich glaub, die hat den Fernseher getroffen.«
»Wie Elvis!«
»Elvis?« Irritierter Blick. »Egal! Ich glaub, er wollte sich von ihr trennen. Und sie ist völlig ausgerastet. Da war noch so 'n anderes Mädel, über *die* weiß ich überhaupt davon. Sonst hat keiner groß über die Sache geredet. Die Clique hat sich förmlich aufgelöst.«
»Und woher hatte die die Knarre?«
»Was weiß ich. Kann sein, von so 'nem Psycho. Eigentlich recht nett, aber der absolute Kiffer. Und der Vater von dem war wohl mal bei der RAF oder so.«
»Bei der RAF?«
»Ja, keine Ahnung. Ich hab die alle ewig nicht mehr gesehen.«
»Und ich dachte, so was gäb's bloß im Fernsehen.«
»Ich auch! Ich ja *auch*! Das macht einen echt nachdenklich. Deswegen«, sie legt eine Hand auf meinen Oberschenkel, »sei lieber immer ehrlich. Frauen sind nämlich unberechenbar.« Sie grinst bis über beide Grübchen. Ihre Hand verharrt auf meinem Bein.
»Ich versuche es«, sage ich. »Ich versuche es.«

Oder anders. Der fast volle Mond ist aufgegangen und alle Gläser leer. Über dies und das banal gequatscht, gelacht und zwischendurch den Sitzplatz gewechselt. Mehr im Gras, näher an den Toiletten. Gar nicht bemerkt, dass es rundherum still geworden ist.
»Die haben uns vergessen!«, gluckst Antonia.
In einiger Entfernung bohren sich die Lichtkegel eines Autos kilometerweit ins Nachtlicht. Bestimmt die Parkwacht.

»Wir sollten gehen«, sage ich.

»Okay. Wenn du meinst.« Beim Aufstehen muss sie sich an meiner Schulter abstützen.

Das große Tor ist bereits geschlossen. Durch die Drehtür kommt man wahrscheinlich immer.

Ich will gerade aus dem Wiesendunkel heraus in den beleuchteten Ausgangsbereich treten, als Antonia mich am Arm packt. »Guck mal da!«

Hinter dem großen Gittertor steht eine junge Frau, die verhalten vor sich hin flucht.

»Ich glaub, die ist besoffen.«

Und sie hat einen großen dunklen Hund bei sich, auf den sie nun einredet.

»Was macht die da?«

»Sieht so aus, als ob sie ihr Tier übers Tor kriegen will.«

Antonia hat recht. Unter beständigem Heraufbeschwören der Aussicht auf eine »übelst geile Wiese« jenseits des Zauns versucht die Frau, ihren zunehmend unwilliger werdenden Hund dorthin zu bugsieren.

»Was für ein Spektakel!«, flüstere ich.

»Lustig, oder?« Antonia zieht mich mit sich ins Gras. »So was bekommste garantiert nirgends sonst geboten.«

Nach einigem Gejaule und Gefluche landet der Hund auf unserer Seite. Nun macht sich Frauchen selbst ans Klettern, was auch nicht viel eleganter aussieht. Ihren Hund loben kann sie allerdings nur kurz. Mit einem Mal grellt schräg hinter uns Licht auf. Das Wächtergefährt.

»Halt! Stehen geblieben!« Türen schlagend springen zwei Männer heraus.

»Die sind also doch mit Unterschenkeln gesegnet«, sage ich leise.

»Wäre das also auch geklärt«, raunt Antonia zurück.
»Sie wissen, warum das Tor zu ist?«, beginnt einer der beiden Herren das Gespräch.
Das Tier antwortet mit kurzem Jaulton.
»Machen Sie das öfter?«
Die Frau greift an den Hals des Hundes. Sie steht bedenklich schief, derweil sie mit der anderen Hand zu fuchteln beginnt. »Was ist das denn für'n beschissener Ort, der andauernd abgeschlossen ist? Das ist mehr Tempelhof als Freiheit! Bourgeoiser Scheiß!«
Die Parkwächter sind inzwischen dicht bei ihr. Die Gesprächslautstärke verringert sich trotzdem nicht. »Junge Frau!«
»Fass mich nicht an!« Heiser lallend droht sie aufgrund einer eigenen Gegenbewegung zu fallen, kann sich aber am Zaun festhalten.
Ihr Hund bellt drei Mal.
»Sie sollten jetzt gehen!«
»Ja! Und zwar auf die Wiese!« Mehr als anderthalb Schritte gelingen ihr nicht. Sie landet im Arm des einen Mannes.
»Wenn Sie nicht sofort gehen, zeigen wir Sie wegen Hausfriedensbruch an.«
Die Frau beginnt zu lachen. »Dafür müsst ihr aber erst mal ein Haus bauen. So lange kann Kasimir doch auf die Wiese.«
»Also«, sagt der zweite Mann, »ich rufe jetzt die Polizei, und dann kriegen Sie Hausverbot!«
»Für ein Jahr«, ergänzt der erste.
»Siehste, deshalb auch Gebäudemanagement!« Antonias Flüsterworte kitzeln in meinem Ohr.
Der Hund bellt ein bisschen und umtänzelt die drei immer lauter werdenden Menschen schwanzwedelnd. Die Frau be-

kommt einen Lachanfall. Prustend wiederholt sie wieder und wieder das Wort »Haus«.

»Ja, hallo? Wir bräuchten mal einen Einsatzwagen am Tempelhofer Feld, Ausgang Oderstraße.«

Antonia fasst meinen Unterarm und zieht mich fort vom Licht. »Komm! Ich will kein Hausverbot.«

»Willst du die Nacht hier verbringen?« Stolpernd remple ich sie an und bleibe an ihr hängen.

»Es gibt Schlimmeres!« Antonias Augen leuchten im Mondschein. »Und irgendwann gehen die Typen ja wohl auch mal ins Bett. Dann können wir immer noch woanders hin.«

EIN ELFTER TAG

Oder anders. Frauenschreie durchdringen die Nacht. Im fahlen Laternenlicht sehe ich monochrome Gestalten nahe einem Maschendrahtzaun, der mit Stacheldraht gekrönt ist. Ein Mann steht vor einer am Boden liegenden, sich windenden Frau, von der auch die erbarmungswürdigen Laute stammen. Neben ihr hockt ein zweiter in weißem Kittel. Eine Frau hält den Kopf der Liegenden. Obgleich ich nie zuvor eine Geburt miterlebt habe, ahne ich, gerade Zeuge einer solchen zu werden.

Der Stehende treibt die Gebärende an, sich zu beeilen. Eine andere Stimme redet beruhigend auf sie ein, die fortwährend schreit und stöhnt. Mitunter stößt sie einzelne Wörter hervor, die ich nicht verstehe, aber doch für Russisch halte.

Als der Säugling endlich erste Lebenszeichen von sich gibt und abseits der Gruppe von dem Weißkittel gesäubert und abgetrocknet wird, beugt sich der Stehende zur gerade Mutter Gewordenen hinab. »Du unterschreiben hier!«, sagt er betont deutlich.

Die Antwort der Frau ist geflüstert.

»Unterschreib! Jetzt!« Barscher Ton. Er wedelt mit einem Blatt Papier.

»Sie will wissen, was ist das«, mischt sich die ihren Kopf Haltende ein. Ein scharfer Akzent lässt eine osteuropäische Herkunft vermuten.

»Damit stimmt sie zu, dass ihr Kind eine Zukunft hat und bei einer arischen Familien aufwachsen darf!«
Geflüster, dann das entsetzte »Njet!« der Liegenden.
»Das ist keine Bitte!«, bellt der Stehende.
Leise Stimmen, Schluchzen der Frau. Sie hebt den Oberkörper leicht an.
»Na also! Warum nicht gleich?« Das Papier wieder entgegennehmend und es zusammenfaltend, tritt der Mann zu dem Weißkittel. Auf sein Zeichen hin treten zwei Ledermäntel aus der Dunkelheit auf die weinende Frau zu.
»Hör auf zu flennen, dämliche Russenhure!«, brüllt der eine.
»Hast wohl geglaubt, du angelst dir ’n Deutschen und alles wird gut!?«
Die Frau schreit auf. Ein Stiefel hat sie in die Seite getroffen. Weitere Tritte folgen. Jammernd stolpert die bis eben neben ihr Hockende davon.
»Sei lieber froh, dass dein Kind nie erfahren muss, was für eine dreckige Mutter es hat!«
Gewimmer.
»Immerhin gutrassig.«
»Na, sonst dürfte sie dem Balg ja auch beim Verhungern zugucken.«
Heiseres Gelächter.

Oder anders. Da muss man doch helfen, die bösen Geister der Vergangenheit vertreiben! Mit einem Mal bin ich hellwach. Gerate beim Aufrappeln allerdings ins Stolpern. Meine Hosen hängen mir an den Schuhen. Ich ziehe sie hoch und habe das Ziel verloren.
Mein Herz pocht. Niemand mehr zu sehen. Der Mond bescheint bloß dunkle Weite. Selbst der Zaun fehlt. Nichts

mehr zu hören. Nichts außer zwitscherndem Gemecker. Feldlerchen, nehme ich an.

Bei meinen Füßen liegt Antonia, die sich nun regt. »Hey! Haust du ab, oder was?«

»Nein, ich ...« Ich knie mich neben sie. »Dachte, da wäre was gewesen.«

»War aber nix?« Sie kommt hoch.

»Nein. Wir sind ganz allein hier.«

»Na, so was!« Ihre Streichelhand an meiner Stirn.

Sie lässt mich ihre Lippen spüren, ihre Zunge. Ich halte dagegen. Im Restlicht der Dreiviertelmondnacht hat ihr Gesicht – die Augen geschlossen – etwas unglaublich Zartes. Ich lege meine Finger drauf.

Allmähliches Voneinanderlösen. Bodenfeuchte sickert mir durchs Hemd. Mein Rücken schmerzt. Bin eben nicht mehr der Jüngste. Und benehme mich trotzdem wie ein Teenager.

»Ich wohn gleich um die Ecke«, sagt sie. Ein Hauch, lau wie die Sommernacht. Ein Zwinkern. Knickknack, Sie wissen schon.

»Der Späti um die Ecke hat rund um die Uhr auf«, sagt sie und hakt sich, die Hände am Rücken, den BH zu.

Das Glimmen des Himmels über uns, blau hinter weißen Wölkchen.

Ihr Kleid über die Brust zupfend, steckt sie den Arm durch den rechten Träger. Lächelt, während ich meinen Gürtel schließe. Stechender Sekundenschmerz im Kopf. Von irgendwoher ein Glockenschlag.

Kloß im Hals. »Ich hab eine Freundin.« Ich räuspere mich. »Tut mir leid.«

»Okay?!« Sie nickt. Ihr Gesicht ist mir nicht mehr als ein

Schatten. Sie presst die Lippen zusammen, vermutlich. Sie schiebt die Unterlippe vor, kurz. Mir würden an ihrer Stelle die Worte fehlen. Die Geräusche der Stadt ersetzen unser Schweigen durch beiläufige Details. Das Fiepen eines Tieres. Fernes Gefeiere. Jugendliches Johlen. Vorbeifahrende Bässe. In meinen Ohren die Tonspur eines Films.

»Danke, dass du's sagst.«

»Etwas spät.«

»Andren fällt das weitaus später ein. Ist ja nicht so viel passiert. Im Sinne Bill Clintons hatten wir nicht mal Sex.« Sie lacht, steht auf, streicht ihr Kleid glatt. »Hab mir gleich gedacht, da ist noch 'ne andere in deinem Kopf, irgendwie.«

»Ehrlich? Ich mach das sonst nicht. Musst du mir glauben!« Erhebe mich ebenfalls. Brauche eine Weile für einen festen Stand. »Es hat sich alles so *richtig* angefühlt.«

»Ja, ging mir genauso.« Sie sucht ihre Sandalen, schlüpft hinein. »Kommst du?« Ihr ausgestreckter Arm als Angebot.

»Nein, für mich ist Tempelhof besser.« Ich zeige hinter mich.

»Aha.« Sie legt ihre Arme um mich, drückt mich an sich. Vielleicht drücke auch ich sie an mich. Die Fülle ihres Busens. Lippenbekenntnisse setzen das gute Gefühl vergangener Stunden fort und gleichzeitig einen Schlusspunkt dahinter.

Nach ein paar Schritten dreht sie sich um. »Wo wohnst du eigentlich?«

»Wedding!« Meine Hand weist vage in die angenommene Richtung. »Kann ich mit der U6 direkt hin.«

»Fährt jetzt überhaupt was?«

»Wochenende!«

»Ach, klar!« Nicken. Zögern. Hand zum Gruß. »Also tschüs!«
»Ja, genau.«
Ich sehe ihr nach und sehne mich bereits zurück nach der weichen Wärme ihres Körpers, die auf meiner Haut nachkribbelt. Ein letztes Umdrehen. Sie winkt und verschwindet schließlich im Grau der hellen Sommernacht.
Das hätte nicht passieren dürfen. Gleichzeitig war großartig, was geschehen ist. Alkoholeuphorie. Ich sollte ein schlechtes Gewissen haben. Etwas, das mir fehlt. I had no sexual relations with that woman.
And I feel fine.

Oder anders. Der letzte Mann am Platz. Die mich umgebende Schwärze der wiegenden Gräser. Wo ist Berlin? Bin mittendrin und doch jottwede, zurückgeblieben auf dem Tempelhofer Narbenfeld.

jwd [jɔtveˈdeː] ‹Adv.› [aus berlin. janz weit draußen] (ugs. scherzh.): *weit außerhalb [und nicht einfach, nicht ohne großen Zeitaufwand zu erreichen]:* sie wohnen jwd; die Baustelle ist jwd.

Stadtbeleuchtung blinkt müde herüber. Ferne Scheinwerferstrahlen bewegen sich wie die Extremitäten einer ramponierten, beinamputierten Spinne fahrig über den Himmel. Der wird längst nicht mehr abgesucht nach feindlichen Fliegern. Vielmehr ist das das hilflose Lichtgewinke einer dieser am Spreeufer abgeworfenen großräumigen Dorfdiskotheken. Lockendes Geblende. Hallo, ich bin auch noch da!
Vereinzeltes Rauschen auf der Autobahn. Der Lockruf eines nachtaktiven Tieres. Mein Handy zeigt 3 Uhr 33 an. Das wäre was für den Uhrzeitensammler, denke ich und bin

gleichzeitig froh, ihm nicht zu begegnen. Jetzt nicht mehr. Das wäre wahrlich zu viel für heute. Wo doch schon morgen ist. Bin benommen von den gerade vergangenen Vorkommnissen. Macht mich Alkohol willenlos? Beziehungsweise das Gegenteil davon? Will ich dann alles, ohne an die Konsequenzen zu denken?
Oder anders. Ich stehe auf einer der beiden breiten Pisten. Start- oder Landebahn, was inzwischen egal ist. Wobei ... Was wäre, wenn wie aus dem Nichts Propellergeräusche die Stille zerhäckselten? Zwei Lichter über den Dächern von Neukölln. Verspäteter Landeanflug eines in der Zeit verirrten Flugzeugs. Die *Miss Columbia*, der zweite Flug über den Atlantik, der erste Direktflug New York–Berlin. Aus dem wurde New York–Eisleben. Bis heute die mutmaßlich einzige Verbindung dieser Art.
Während Tausende in Tempelhof warteten, flog man am Ziel vorbei. Von Eisleben nach Klinge bei Cottbus. Propellerschaden. Aller guten Dinge sind drei. Verspätete Ankunft der Pioniere, neunzig Jahre Zeitverzug – und keine Landeerlaubnis. Destination Tempelhof cancelled.
Als vor über hundert Jahren das erste Flugzeug zum ersten Flughafen Deutschlands in Berlin-Johannisthal von hier aus aufbrach, segelte dem Piloten später ein Bußgeldbescheid ins Haus. Strafe wegen groben Unfugs. Unfugplatz Tempelhof.

Oder anders. Bin bei der Feldtomate. Paradiesprodukt. Liebesapfelbaum. Zaubertraum ist abgeknickt, umgeregnet, fortgehagelt, weggestürmt. Zu ungebunden für den Fortbestand. Bestehen da Zusammenhänge? Du bedauernswerte Tomate! Die, die dir den Namen Pumuckl gaben, ließen dich allein bei Gewittersturm und Regenschauern. Verbrachten den Abend auf einer Party zwischen Sperrholzschick und Jazzmusik. Letztere aufgelegt von einem magersüchtigen Jüngling mit schaufenstergroßen Brillengläsern im Hasenkostüm, wobei er das Kopfteil wie eine Kapuze hinten hängen ließ.

Wir nippten an warmer, alkoholfreier Erdbeerbowle und erzählten uns unsere Leben. Ausschließlich die langweiligen Stellen, wie mir schien. Was egal war. Konzentrieren konnte ich mich ohnehin nicht. Luis' plappernde Lippen glänzten, und das Braun ihrer Iris wurde von den geweiteten Pupillen nahezu unsichtbar gemacht. Dank der regelmäßigen Lektüre von Frauenzeitschriften erkannte ich darin ein deutliches Zeichen fortgeschrittener Sympathie. Auf der Tanzfläche wanden sich derweil Jungs in zu engen Jeans und junge Damen mit komisch geschnittenen Kleidern zu wehmütiger Musik. In den Händen Zigaretten, deren Asche stangenartig wuchs und wuchs, bis sie aufgrund einer abrupten Regung gen Boden rieselte.

Luis fand seltsam, dass ich kaum etwas von Kurt Hiller wusste, dem Namenspatron meiner Bücherei. Dabei kannte sie selbst nicht einmal seinen Namen. Und ich habe immerhin einiges von ihm gelesen. Expressionist und Pazifist, links und jüdisch, Jurist und homosexuell. Ungünstige Neigungen für einen, der 1933 fast fünfzig war. Aber er überlebte irgendwie. Genaues wusste ich nicht. »In London!«, fiel mir noch ein.

London sei voll schön, hat Luis gesagt. Und ich: »Ja, das glaube ich.« Ein paar Londongeschichten. Die führten uns nach Kopenhagen und später nach Rom. Die Musik wechselte, wurde poppiger, elektronischer. Und die Geschwindigkeit

der Bewegungen im Raum nahm zu. »Komm, tanzen!« Das war keine Aufforderung, das war eine Anordnung.
Mit einem plötzlichen Handgriff riss mich Luis vom Hocker, auf dem ich saß. Widerrede zwecklos. Warum auch? So konnte ich, unabgelenkt von Inhalten, sie einfach bewundern. Ihr fröhliches Wesen. Ihre zackigen Moves. Ich war bemüht mitzuhalten.
Beim nächsten Lied blieben wir zunächst voreinander stehen. Allmählich schraubten sich statische Akkorde ins Zimmer. Dazu eine Stimme, hoch wie die einer Frau und doch nicht weiblich, ätherisch irgendwie. »Das ist Klaus Nomi«, raunte Luis. »Cool!«, und legte eine Hand auf meinen Rücken, die andere auf die Schulter, und wir begannen halb schunkelnd, halb schwebend, Knie am Knie des anderen, dem Stakkato zu folgen. Zu langsam, um stehen zu bleiben. »Let me, let me free, free«, hörte ich und nahm den Gesang aus schwindelerregender Höhe kaum wahr. Spürte Luis' Atem an meinem Ohr und wie sich unsere Becken berührten. Nur der Anfang. Und praktisch auch der Schluss.
Unterdessen stand eine Tomate namens Pumuckl den Naturgewalten schutzlos ausgeliefert auf dem Tempelhofer Regenfeld am Rand eines Gebüschs. Jetzt sind die die größten Knollen tragenden Zweige abgeknickt. Neben der Pflanze sitzend, versuche ich, ihnen ihren vormaligen Halt zurückzugeben. Vergeblich. Schließlich pflücke ich die grünen Früchte und stecke sie ein. Vielleicht reifen sie auf meinem Fensterbrett nach.

Oder anders. Bevor ich die Drehtür benutze und das Feld verlasse, besteige ich die Birdwatcher-Tonne, in der Hoffnung, einen besseren Blick auf das hinter Neukölln aufgehende Rotlicht zu erlangen. Doch falle ich beinahe vom Treppenabsatz. Oben steht nämlich einer und raucht.

»Nicht erschrecken!« Die Stimme kommt mir bekannt vor. Richtig, der Reporter! Karsten Grube, diesmal ohne Team. Den erkenne ich sogar im Dunkeln. Zumal es überhaupt nicht dunkel ist. Die den Eingang bestrahlenden Leuchten unterstützen die Morgendämmerung.

»*Sie* hier?« Mehr fällt mir nicht ein.

»Ach, bin ich öfter. Wenn ich nicht schlafen kann. Man fühlt sich so wahnsinnig weit weg von der Stadt und ist doch mittendrin.«

»Lassen Sie sich einschließen?«

»Nee!« Auflachen. »Für so was fehlt mir die Zeit.«

»Aber wie kommt man sonst mitten in der Nacht aufs Gelände?«

»Tja. Das Tempelhofer Feld steckt voller Geheimnisse.« Er zieht an seiner vorn aufglimmenden Zigarette. »Am Ende versteckt sich hier ja doch noch der Golem.«

»Der Golem? Ist das nicht so ’n mythisches Wesen?«

»Ja, der Urfrankenstein. Terminators Ahne. Und die wichtigste Verfilmung ist hier gedreht worden. Frühe Zwanziger!«

»Die kenn ich nicht.«

»Selbst King Kong ist da angedacht.«

»Und das war dort hinten in den UFA-Studios?«

»Ja, Dieter Thomas Hecks Schlageraffen waren nicht die ersten Gruselfiguren in Studio eins.« Er gluckst. »Wobei die hauptsächlich draußen gedreht haben. Das halbe Prager Ghetto wurde dafür nachgebaut. Eher so im expressionistischen Stil. Am Puls der Zeit damals. Über fünfzig Häuser, große Stadtmauer. Die erste Filmstadt der Welt.«

»Ziemlich erstaunlich, was sich alles an einem Fleck ereignen kann. Das zwanzigste Jahrhundert auf knapp vierhundert Hektar.«

»Und jetzt ist es ein riesiger Leerraum. Das Einzige, was einen Schatten wirft, sind die Menschen. Man wird sich selber wieder bewusster. Und Sie haben die Nacht hier verbracht?«

»Ja. Bin eingeschlafen.«

»Und niemand hat Sie geweckt?«

»Offenbar.«

»Na ja, wenn Sie auch allein unterwegs sind.«

»Ja.« Pause. »War ich doch gar nicht.«

»Eine Frau?« Vor seinem Mund bildet sich eine Wolke.

»Ja.«

»Sie hat mit Ihnen Schluss gemacht? Das tut mir leid.«

»Nein. Hat sie nicht.«

»Klar, wäre unlogisch. Das mit dem Einschlafen. Trotzdem …« Er mustert mich, wechselt in den Reportermodus. »Wo ist sie? Oder haben Sie …«

»Wir haben unterschiedliche Heimwege.«

»Ah so! Sie hat einen anderen!« Er wirkt erleichtert.

»Nein! Ich aber.«

»Versteh ich nicht. Ob Sie jetzt mit mir auf der Tonne oder bei der anderen Frau im Bett liegen …«

»Meine Freundin kommt erst morgen von einer Reise zurück. Also heute. Nachher. Am Nachmittag!«

»Dienstreise? Der Klassiker.«

»Klassenfahrt.«

»Und das haben Sie ausgenutzt. Kenn ich.« Er lässt die Zigarettenspitze erneut aufleuchten.

»Nein, ich bin überhaupt nicht so ein Typ.«

»Jeder Mann ist so ein Typ.«
»Ach, Quatsch! Karla und ich sind bald zehn Jahre zusammen. Da ist nie was gewesen.«
»Nicht mal der Wunsch?«
»Nein. Ja.« Mir gefällt das Gespräch nicht. »Ein bisschen. Man bleibt ja doch Mann.«
»Guckt sich immer nach was Besseren um.«
»Überhaupt nicht!«
»Ist auf die Dauer auch zu anstrengend.« Er wirft seine Zigarette vom Turm. »Wissen Sie, meine erste richtige Freundin, die hab ich nie wirklich geliebt. Es war nur so easy, sie rumzukriegen.« Er holt eine Zigarettenschachtel hervor. »Na ja, genau genommen nicht, ich hab mich relativ blöd angestellt. Deswegen war das in Ordnung. Ich konnte quasi üben. Und dann habe ich mich in ihre Mutter verknallt.«
»Ihre Mutter?«
»Ja, die war mehr als doppelt so alt wie ich. Dennoch …« Ein Feuerzeug flammt auf. »Das hätte was werden können. Auch eine?« Während er den ersten Zug nimmt, hält er mir die Schachtel hin: Marlboro.
»Nein, ich rauche nicht.«
»Ich auch nicht.« Das darauffolgende Husten klingt wie ein heiseres Lachen. Oder umgekehrt. »Das war 'ne heftige Zeit damals für mich. Meine erste große Story sozusagen. Ist leider vollkommen nach hinten losgegangen. Waren Sie mal im Puff?«
»Nein!« Jetzt muss ich lachen. Vor Überraschung. »Natürlich nicht!«
»Das ist eher unnatürlich. Jedenfalls für die meisten Männer. Ich bin da ja auch nicht so. Damals hab ich in dem Milieu recherchiert und mich prompt in 'ne Nutte verliebt.«

»Und die Mutter?«

»Mit der war ich zusammen. Die Nutte, das wollte ich zuerst partout nicht wahrhaben. Erst als meine Freundin – die Mutter – mich rausgeschmissen hat. Das war alles eher suboptimal. Leg dich nie mit Zuhältern an!«

»Hatte ich auch nicht vor.«

»Denkste, ich? Na ja, was ich damit bloß sagen will: Man wird schnell bequem und will sich nicht auf eine andere Frau einlassen. Ja, mal 'n Seitensprung. Doch sonst, die ganze Beziehungsarbeit, wenn's erst mal läuft, will man das nicht unnötig zerstören. Wer weiß«, er zeigt mit der Zigarette auf mich, »vielleicht ist die Frau, die Sie jetzt allein in ihr Bett haben gehen lassen, Ihre wahre große Liebe.«

»Das glaube ich nicht.«

»Sie glauben! Sicher sind Sie sich nicht.«

»Doch«, sage ich, »da bin ich mir sehr, sehr sicher.«

EIN ZWÖLFTER TAG

Eine weiß-blaue Stange, schräg gestreift, steht auf der Wiese, gekrönt von einem mit Bändern verzierten grünen Kranz und dem Logo einer bayerischen Brauerei. Darunter das Schild mit der Aufschrift »Biergarten«. Garten? Ja, durchaus. Von der Hauptfläche des Tempelhofer Feldes durch Büsche und Bäume abgegrenzt, mit Wiese, gleich an der Friedhofsmauer. Locker stehen Bierbänke da sowie diverse Liegestühle in den Farben der sie sponsernden Firmen für Mischgetränke aller Art. Nicht nur Garten hat's hier, auch Bier. Das wird aus einer Backsteinhütte heraus verkauft. Unter anderen an Markus, der mit zwei frisch gefüllten Gläsern zu unseren beiden Liegestühlen zurückkehrt. Sie befinden sich etwas abseits unter einem Baum. Ein kleines Tischchen dient wahlweise als Fußstütze und jetzt eben als Zwischenstandort unserer Getränke.

»Wie war eigentlich euer Urlaub?«, fragt Markus nach dem ersten Schluck.

»Ja«, sage ich, »schön. Schönes Wetter, viel Zeit zum Lesen.«

»Du hat doch immer viel Zeit zum Lesen.«

»Das denkst *du*!«

»Und wart ihr in Paris?«

»Nee, wir hatten wenig Lust auf Stadtstress und Touritrubel. Aber wir waren in Versailles.«

»Wo – wie wir alle wissen – nie ein Reisebus hält.« Markus grinst. »Erst recht keiner mit Japanern.«

»Die nehmen ja kaum Platz weg. Höchstens vorm Schloss, wo sie alle ihre Gruppenfotos machen«, sage ich. »Wir sind lieber gleich in den Park. Großartig, du! Allein die Weite, bis zum Horizont und weiter. Du glaubst, dieser Park hört niemals auf. Ehrlich, in Versailles begreift man Absolutismus sofort. Eine einzige Demonstration von Macht. Und gleichzeitig so unfassbar prächtig!«

»Nicht mal die Natur war mehr sicher vorm ollen Ludwig Nummer vierzehn!«

»Alles schön stilisiert, ja. In einer Ecke des Parks gibt's sogar ein Pseudodorf mit extra schiefen Häusern. Wunderbar pittoresk, sag ich dir!«

»Für die Schäferspielchen vom Hofstaat, oder was?«

»Anzunehmen«, sage ich.

»Und zwischen Karla und dir ist wieder alles im Lot?« Ernste Miene.

»Du hast Assoziationen!«

Wir müssen beide lachen.

»Nee, wollte ich dich sowieso fragen. Du hast neulich so 'ne Andeutung gemacht.«

»Hab ich das?«

»Schien mir so.«

»Ist halt nicht mehr so aufregend wie früher. Man wird nicht jünger. Und Karla, die hat gerade richtig viel Druck. Die Verbeamtung. So platt, wie die abends derzeit ist, kenn ich sie gar nicht.«

»Als Beamtin ist sie ja 'ne super Partie.«

»Auf jeden.« Ich hebe mein Glas.

»Wobei du doch auch beim Staat angestellt bist.«

»Mit der Betonung auf ›angestellt‹. Und nicht beim Staat. Bei der Stadt! Berlin, falls dir das was sagt. Arm, aber sexy. Na ja, an manchen Ecken ziemlich schmierig. Und wer weiß, wie lange ich noch in der Hiller-Bibliothek bin. Wie lang's die überhaupt noch gibt. Die eine Kollegin ist schon ewig krank. Wenn *die* komplett ausfällt … Und 'n anderer geht nächstes Jahr in Rente. Mal gucken mit den täglichen Öffnungszeiten.«

»Dann hast du mehr frei, oder was?«

»Scherzkeks! Ich werde höchstens versetzt. In die Hauptbibliothek. Und muss pendeln. Mal hier, mal da. Weißt du, ich kenn 'ne Kollegin, bei der ist das längst so.«

»Dafür baut uns King Wowi eine neue Zentralbibliothek direkt dort hinten aufs Feld.« Markus neigt sein Glas leicht nach rechts.

»Ja, wenn Wowi mal das nötige Geld aufgetrieben kriegt. Das geht ja alles für den neuen Flughafen drauf! Und um den Personalnotstand in den Bezirken schert der sich so oder so nicht. Ist ja deren Sache.«

»Trotzdem! Ist es nicht beknackt, 'ne neue Zentralbibliothek zu bauen, wo man lieber neue Stellen schaffen sollte?«

»Das musst du *mich* nicht fragen.« Ich nehme eine Schluck. »Die Situation unserer Zentralbibliothek ist schon eher ungut. Zwei Standorte, sanierungsbedürftige Gebäude, viel zu wenig Platz.«

»Also bist du *für* das Projekt!«

»Nee, Quatsch! Wenn, sollten sie lieber darüber nachdenken, das Flughafengebäude umzubauen. Das steht eh leer und verfällt. Neulich sollen während dieser Modemesse da Betonbrocken und Mörtel von den Decken gekracht sein. Und den Regen fangen sie mit Planen auf. Die müssen von Bergsteigern geleert werden. Stell dir das mal vor! Über eine halbe Million Verlust allein letztes Jahr!«

»Kann man das nicht einfach verfallen lassen? In Rom stehen doch auch überall Ruinen rum und erinnern an ein überhebliches Imperium.«

»Das hat immerhin länger als zwölf Jahre gehalten«, sage ich. »Außerdem bauen wir ja sogar das Stadtschloss wieder auf.«

»Halleluja!«

»Das wäre ein guter Standort für 'ne ZLB gewesen. Und ein Zeichen! Nicht weit von der Stelle, wo früher Bücher brannten, steht mitten in der Stadt unsere Landesbibliothek.«

»Das ist nix für Touristen. Und auf die ist die Stadt inzwischen ausgerichtet«, sagt Markus. »Abgesehen davon: Ich fand ja den Rasen, den die da kurzzeitig angelegt hatten, am schönsten. Wir brauchen mehr Rasenflächen! Ist auch viel menschenfreundlicher. Selbst für Touris. Zum Chillen. Und hier, das Feld, das dürfen die auf keinen Fall bebauen.«

»Geht mir genauso! Aber die Stadt braucht nun mal Wohnraum.«

»Für Touristen und Reiche, die sowieso meist in ihren Villen in Italien sind.« Er stellt sein Glas ab. »In ein paar Jahren ist die Berliner Innenstadt tot. Alles teuer und voller Japaner. Und wir wohnen in Hellersdorf oder Marzahn.«

»Wo's auch schön ist! Hat unser Bürgermeister selber gesagt.«

»Hat er das?«

»Ja, hab ich neulich gelesen. Wobei ich am lustigsten fand, dass er als Drittes Frohnau genannt hat. Marzahn, Hellersdorf, Frohnau. Was für eine Reihung!«

»Wohnen in Frohnau nicht eher so Ärzte und Lehrer?«

»Auf alle Fälle gibt's in Frohnau garantiert deutlich weniger Hartz-IV-Bezieher als in Marzahn und Hellersdorf.«

»Was keine Kunst ist. Wahrscheinlich leben überall in Deutschland weniger Hartzer als in Marzahn und Hellersdorf.« Er greift sein Glas.
»Außer in Jena Paradies vielleicht«, sage ich.
»Wie kommst du jetzt auf Jena Paradies?«
»Wegen des Namens.«
»Du kennst das auch nur aus'm Zugfenster, was?«
»Reicht das nicht?«
»Seit wann bist du so oberflächlich?« Er greift sein Glas. »Wahre Paradiese heißen eh nie Paradies. Wie hier das Tempelhofer Feld.«
»Kann ein Ort mit so einer Geschichte ein Paradies sein?«
»Wegen des ›KZs‹?«, fragt Markus. »Klar! Muss man nicht alles tun, um die negative Aura eines Ortes zu verdrängen? Und ich meine nicht *vergessen*. Die Geschichte der Menschheit ist so lang, dass nahezu jeder Ort negativ belastet ist. Kannste mit 'ner Wünschelrute drübergehen.«
»Übrigens war Kurt Hiller vier Monate im Columbia-Haus.«
»Ach was!«
»Die Vorstellung, plötzlich vogelfrei zu sein, ist so übel. Und die meisten hier begangenen Verbrechen sind später nie geahndet worden.«
»Sind sie nicht?« Markus schielt mich über den Rand seines Glases an.
»Nein! Es war ja praktisch aus der Wahrnehmung gerutscht. Ein ›KZ‹ mitten in Berlin? Bei uns doch nicht. Einer der wenigen, die nach dem Krieg vor Gericht kamen, war jemand, der hat im Columbia-Haus als Koch angefangen. Zur dünnen Suppe gab's von dem auch gern mal 'nen Nachschlag mit der Kelle ins Gesicht.«

Oder anders. Als ich mit zwei neuen Bieren wiederkomme, telefoniert Markus. Ich setze mich neben ihn. Betrachte den blauschwarzen Himmel. »Ja, garantiert«, flüstert Markus in sein Gerät. »Das ist vollkommen anders. Wirklich!«
»Nach dem muss ich weg.« Mit missmutiger Miene steckt er sein Handy in die Hosentasche. »Tut mir ehrlich leid.«
»Was ist denn passiert?«
»Du solltest froh sein, dass deine Beziehung so ereignislos ist, so normal.« Er nimmt einen kräftigen Schluck.
»Wenn du meinst.«
»Ja, unbedingt!« Noch ein Schluck. »Weißt du, Monique macht in letzter Zeit nur Stress. Ständig ist sie eifersüchtig.«

Ei|fer|sucht, die ‹Pl. selten› [urspr. verdeutlichende Zus. mit Eifer = Eifersucht]: *starke, übersteigerte Furcht, jmds. Liebe od. einen Vorteil mit einem anderen teilen zu müssen od. an einen anderen zu verlieren:* rasende E.; aus E. handeln.

»Gibt's 'nen Grund?«
»Neien!« Markus reißt die Augen auf. »Wobei, ja, das war blöd. Neulich bei so 'nem Treffen saß eine sehr Süße mit in der Runde, und alle Männer haben sie angehimmelt.«
»Du auch!«
»Zumindest fühlte sich Monique vernachlässigt.«
»Also musst du jetzt ganz schnell zu ihr?«
»Na, sie wohnt ja quasi bei mir. Und vorhin hat irgend'ne Frau mit einer angeblich megasexy Stimme angerufen. Was geht sie auch ans Telefon?« Nächster Schluck. »Als ich eben kurz aufs Handy geschaut habe, waren da fünf Anrufe in Abwesenheit. Alle von Monique.«
»Bei deinem Frauenverschleiß würde ich mir auch Sorgen machen.«

»Die Phase hab ich lange hinter mir.«
»Sicher?«
»Du bist immer noch sauer wegen damals! Wie hieß sie gleich?«
»Conny! Ehrlich, ich war nie sauer!«
»Stimmt«, Markus gluckst. »Du hast es ja gar nicht mitgekriegt. Die Frau ist eh komplett daneben gewesen. Büchereien waren für die nur schlecht sortierte Videotheken.«
»Ist nicht nötig, sie nachträglich mieszumachen. Eine Frau, in die ich mich verliebe, muss nicht lesen.«
»Hätt ich geahnt, dass du auf die scharf bist ... Ich glaub, nicht mal Conny war das bewusst.«
»Später schon.«
»Hast du ihr gesagt, wie sehr du sie liebst?«
»Natürlich nicht!«
»Wieso natürlich? So geil die auch aussah, ich glaube, die hatte total den Minderwertigkeitskomplex.«
»Meinst du?«
»Wenn du der gesagt hättest, was du für sie empfindet ...«
Markus hebt die bierglasfreie Hand.
»Na ja, wer weiß, wofür es gut war. So hab ich Karla kennengelernt.«
»Siehste! Gegen deine Karla können Frauen wie Conny sowieso einpacken.«
»Unbedingt. Trotzdem ärgere ich mich manchmal, dass es früher nicht so geklappt hat mit den Mädels. Ein paar Affären ...«
Markus schaut verstohlen auf das Display seines Telefons.
»Ja, geh mal ruhig«, sage ich. »Die machen hier eh bald zu. Müssten wir so oder so woanders weitertrinken.«

»Dann also wann anders. Vielleicht, wenn Die Ärzte demnächst hier spielen.«
»Die Hosen auch, oder?«
»Du wieder!«
»Ist doch eh alles ein Humptata. Braucht man dafür Karten?«
»Ich wollte eher gemütlich hinterm Zaun abhängen. Im Gedränge rumstehn fänd ich nicht so toll. Und dann musste immer durch die Menge, um überteuertes Bier in Plastebechern zu kaufen.«
»Ist das noch Punkrock?«, frage ich.
»War das je Punkrock?«
Wir stoßen an. Dabei ist Markus' Glas im Grunde nur noch mit Schaum gefüllt.

Oder anders. Im nachlassenden Licht sitze ich zurückgelassen vom besten Freund. Wegen eines Problems mit seiner Frau, ohne dass der beste Freund meine akuten Probleme mit Frauen wahrgenommen, mitbekommen hätte. Über alte Geschichten lässt es sich eben leichter plaudern. Ich kann mir selbst kaum eingestehen, dass die neueste bislang kein zufriedenstellendes Ende hat.
Das vorläufige Ende begann im schummrigen Schein überpinselter Glühbirnen und hörte unerwartet auf, ein paar Lieder später. Die wehklagende Stimme einer Frau sang, von knisterndem Rauschen begleitet, gerade von einer seltsamen Frucht, die an einem Baum baumelte, als nicht mehr nur unsere Knie aneinandergerieten und unsere Hände die Rücken des anderen befühlten, sondern unsere Augen einen Moment, der viel zu lang war, um ihn noch Moment nennen zu können, ineinander etwas suchten, bis sie sich schlossen, weil es wenige Zentimeter tiefer zu finden war in

der feuchten Wärme eines Kusses, an den ich mich gerade zu gewöhnen begann, wäre er nicht abrupt und gemeinsam mit der Umarmung beendet worden, um drei Worte zu artikulieren, die ich nicht auf Anhieb verstand: »Ich muss gehen.« Bevor ich begriff, was sie bedeuteten, sah ich Luis bereits aus dem Raum eilen.

Oder anders. Ich trinke mein Bier aus. Bin zu beschwipst, um allein zu sein. Leider bin ich allein. Beinahe einen Monat ist es her, dass ich die grünen Tomaten gepflückt und dann doch nicht mit nach Hause genommen habe, um keine falschen Fragen falsch beantworten zu müssen. Stattdessen übergab ich dem Mülleimer die unreifen Früchte einer vorzeitig verdorrten Leidenschaft.

Man müsste Menschen orten können. CPS – Cerebral Positioning System. Endlich fällt mir die Antwort ein auf die mir vor vier Wochen gestellte Frage. »Welche Superheldeneigenschaft hättest du gern?«, wollte Luis von mir wissen. Und ich wusste keine. Keine originelle. Klar, fliegen wollen wir alle. Aber ist man ein Superheld, bloß weil man fliegen kann? Dafür haben die Welt und das Tempelhofer Feld sowieso viel zu viele Abstürze gesehen.

Lieber würde ich wieder Luis' Augen sehen. Kann mich kaum noch an deren Farbe erinnern. Wie braun waren die denn nun? Kastaniengleich, haselnussig oder eher flaschenfarben? Immer wieder rutschen mir die Augen von Antonia ins Denken. Die sind noch viel präsenter. Oder? Waren sie wirklich moosgrün? Waren sie nicht vielmehr krötengrün, grasgrün, gurkengrün, zucchinigrün? Grün wie die Tomaten auf meinen Augen? Oder doch pfützenfarben?

Let me be your Svennibenni! Dein amüsiertes Gucken. Wie mich dein Mundwinkelzucken gereizt hat. Als kommentie-

re es meine Worte. Ein Ansporn, weiterzusprechen. Dein lachendes Haarwackeln. Das Kitzeln der Spitzen an meinen Wangen. Dein Blumenduft. Die Weichheit deiner Lippen. Drängende Hände.
Ich bringe alles durcheinander. Braune Tupfen auf tümpelgrüner Tiefe. Mit den geschliffenen Gläsern davor sehe ich gleich viel klarer. Karlaklar. Das ist Karlas Brille. Ihr beruhigender Blick, das optimistische Lächeln. Das Summen in ihrer Stimme. *Das schaffen wir schon.* Aber was? Wie sollen wir ein einstürzendes Gebäude stützen? Oder war das bloß ein Vibrieren im Gebälk, das du im Schlaf nicht einmal bemerkt hast?
Was hätte ich darum gegeben, Karla meine Aufgekratztheit mitzuteilen! Du, ich habe gerade das süßeste Mädchen der Welt geküsst. Und das hat nichts mit dir zu tun, ehrlich! Außerdem bin ich ja längst auf dem Heimweg.

Oder anders. Von Weitem bereits sehe ich die leuchtenden Buchstaben der Tafeln am Ausgrabungsfeld. »Echoes of Voices in the High«, lese ich. Der Radarturm dahinter fängt die letzten Lichtstrahlen des Sommertages auf. Undeutliche Stimmen. Schwarze Gestalten in der Nähe des Bauwagens. Sind die Archäologen etwa noch zugange? Verträgt ihr Buddeln nach Vergangenheit keine Pause? Kommen sonst die Parkwächter und pochen auf die Uhr? *Die Zeit ist abgelaufen. Lasst den Dreck von damals doch lieber unterm Gras verfaulen.*
Als ich näher komme, erschrecke ich aufgrund des seltsamen Anblicks. Fünf eher ältere Herren in zerknitterten, schmutzigen Anzügen mühen sich ab, einen Baumstumpf aus dem Boden zu bekommen, ohne jedes Hilfsmittel.

Ein rundlicher Glatzkopf, dessen glänzendes Jäckchen eher eins für den Hausgebrauch zu sein scheint, für geruhsame Stunden am Kamin, kratzt kniend mit bloßen Händen Erde aus dem Wurzelwerk und wirft sie dabei durch die Beine hinter sich. Was mit krähendem Gelächter quittiert wird. »Wie wenn ein Hund gemacht hat!«, heizt einer die dröhnende Heiterkeit an.

Die ist aber nicht auf der Seite seiner mit ihm unter der aussichtslosen Aufgabe ächzenden Gefährten. Das erbärmliche Bild wirkt vollständig nämlich weitaus absurder. Die Gruppe wird umringt von gut fünfundzwanzig schwarz Uniformierten, deren Armbinden sie als lupenreine Nazis ausweisen. Eine Szene wie aus einem Tarantino-Film, nur dass die Bösen in diesem Fall offenbar vollkommen unbesorgt sein können.

Endlich erlösen sie den Erde Scharrenden von seiner Pein, indem sie ihn mit Tritten und Stößen aus ihrer Mitte treiben, um einen anderen der Herren zu quälen. Höhnisch rufen sie ihn »Herr Redakteur!« und reichen ihm eine Schaufel mit viel zu kurzem, zackig abgebrochenem Stiel, an dem er sich sogleich und zum Amüsement der schwarzen Schergen die Handtellerhaut aufreißt.

Dem anderen bleibt bloß kurze Zeit zur Erholung im Dreck, bis sich wieder einer der SS-Männer um ihn kümmert, indem er ihn in den Bauch tritt. »Steh auf, du stinkendes Judenaas!« Mit letzter Kraft befolgt der Geschundene den Befehl und wankt orientierungslos ein paar Schritte voran. Immer wieder muss er nach seiner Hose greifen, die ihm viel zu groß ist und bis in die Kniekehlen zu rutschen droht. »Du jehst ja, als wennste sterbst«, grölt der Schwarze. Sein Opfer in Höhe und Breite um einiges überragend, sieht er aus wie ein in die Jahre gekommener Preisboxer, der zu oft gegen den Alkohol verloren hat, um sich noch ernst zu nehmenden Gegnern stellen zu können. »Na, denn sterb man, du Sau!«

Diese Aufforderung weckt die letzten Lebenskräfte seines Gegenübers, der den sichtlich schmerzenden Körper streckt und dem Boxer fest in die Augen blickt. Empört ob dieser Dreistigkeit setzt der das Lachen des Siegers auf. »Solche weeche Neese, die lieb ick besonders!«, verkündet er und schlägt dem Mann mehrfach und aus nächster Nähe kräftig ins Gesicht. Mühsam nur kann sich dieser auf den Beinen halten. Solch Tortur erlebt er nicht zum ersten Mal. Geradezu gleichmütig richtet er sich wieder auf, das ihm aus der Nase strömende Blut ignorierend.

»Du Wüstensohn!«, knurrt ihn der Boxer an. »Du jämmerlicher ägyptischer Wüstensohn! Gib zu, dass du eine ägyptische Wüstensau bist!«

»Ja«, flüstert der Blutende.

»Was bist du?« Mit flacher Hand schlägt ihm der Boxer gegen die Schulter. »Hey, ich kann dir nich hör'n!«

»Eine ägyptische Wüstensau.« Die Stimme bleibt leise.

»Wat biste?«

»Eine ägyptische Wüstensau!«, wiederholt der Gefragte plötzlich sehr laut. »Eine ägyptische Wüstensau!«, schreit er Blut ausspeiend. »Ägyptische Wüstensau! Ägyptische Wüstensau!« Er steigert sich förmlich hinein in diese zwei Wörter und scheint sogar Spaß an der Formel zu bekommen, von der er sich – wie auch? – kein bisschen angegriffen fühlt. »Ägyptische Wüstensau! Ägyptische Wüstensau!« Es klingt nicht so, als wäre *er* der Verspottete.

Die beschimpfte Sau jedoch kriegt das nicht mit.

EIN DREIZEHNTER TAG

Oder anders. Über uns wölbt sich der Abend. Bässe wummern durch laue Luft. Textfetzen knabbern an der Erinnerung. »Guten Abend, Berlin! Seid ihr gut drauf?« Mehr angenommen als gehört. Ich bewege mich Richtung Versammlung. Auf dem Beton vor dem Flughafengebäude ballt sich das Volk vor einer Bühne, deren gewölbtes Dach den berühmten Schriftzug verdeckt. »Berlin-Tempelhof« wird heute komplett eingenommen von den Toten Hosen. Auf den riesigen Videowänden flimmert die Vergrößerung des in warme Scheinwerferfarben getauchten Geschehens.

Das von Campino gegrölte Lied kenne ich im Gegensatz zu denen hinter dem Zaun nicht. Ein grummelnd murmelnder Chor unterlegt seine verstärkte Stimme, die leicht verzerrt durch die rötliche Abendluft dröhnt.

Im Gras hinter der Absperrung geht es ruhiger zu. Man sitzt auf Decken, trinkt und lauscht, mitunter plauscht man auch. In der Morgenzeitung hatte ich gelesen, es komme eine Technik zum Einsatz, die es unmöglich mache, das Konzert außerhalb des ausschließlich mit Karten zugänglichen Bereichs verfolgen zu können. Eindeutiger Quatsch. Wahrscheinlich hört man die Toten Hosen in ganz Berlin. Die Vorband hat mich jedenfalls auf dem halben Weg hierher begleitet. Und jetzt kann ich sogar alles sehen. Zwar nur als Projektion, doch das ist fast schon zu viel des Guten.

Inmitten der Zaungäste gibt es einen improvisierten Bier-

garten mit Schirmen, Tischen, Bänken und Buden, in denen gegrillt, gemixt und gezapft wird. Ich kaufe mir ein Bier, das ich in einem Becher mit Toten-Hosen-Aufdruck bekomme, zwei Euro Pfand. Ein Sammlerstück, versehen mit dem heutigen Datum.
In Campinos Gesicht haben dreißig Jahre Rockerleben Spuren hinterlassen. Ist der Mann nicht gerade fünfzig geworden? Ein Jahrzehnt älter als ich, wirkt er wie aus einer fernen Generation. Diese Stimme, dieses Gesicht kannte ich bereits mit sechzehn oder siebzehn. Die Zeit seitdem ist für uns beide gleich schnell vergangen, verbracht haben wir sie indes komplett anders. Campino wird nie von mir erfahren, während ich, ohne mich jemals groß für ihn interessiert zu haben, zumindest im Groben Bescheid weiß.
Berühmt will ich überhaupt nicht sein. Wollte ich nicht mal als Kind. Ich würde auf der Bühne dort nichts herauskriegen, keinen Ton, kein Lächeln, höchstens jede Menge Schweiß. Und das ist gewiss keine Einzelmeinung. Es geht auch nicht um die große Bühne. Vielleicht ist man auf der sogar besser aufgehoben. Man hat kein einzelnes Gegenüber, sondern eine wabernde Masse. Ich dagegen bin Alleinunterhalter am Schreibtisch meiner Bibliothek, wo lediglich meine Antwort interessiert auf eine meist banale Frage, für die es mich nicht braucht. Ich bin einer von vielen Tarnkappenträgern. Meine Unscheinbarkeit macht mich durchsichtig.
Nicht für alle. Ich bin ja kein Einzelgänger. Ich habe ein zufriedenstellendes Sozialleben, das sich vor Jahren konsolidiert hat. Das ist beruhigend und zugleich öde. So abgeschlossen. Bis ans Ende aller Tage.
Deshalb ist das Tempelhofer Feld einer der letzten aufregenden Orte Berlins. Hier werden unzählige Möglichkeiten aus-

probiert. Hier ist jede Richtung offen. Hier kann ein Lächeln ein Lächeln sein oder der Anfang eines Ausnahmezustands, der etwas Zementiertes erzittern lässt.

Let me, let me free again! So frei, wie ich mich neulich fühlte, dass ich bei der barocken Tiefkühlarie das verstanden habe, was ich verstehen wollte. Beschwipst von alkoholfreier Bowle. Würde mich Luis wieder küssen, wenn wir uns träfen? Für mein eingespieltes Leben wäre es besser, bliebe sie bloß das Flimmern einer Sommernacht, deren Überschwang mich beinahe in einen Albtraum geschleudert hätte. Mit der Haut einer anderen Frau unter den Berührungen. Mit ihrem Haar in den Händen, den Speichel im Mund, den Schleim an den Fingern.

»Olé olé olé ola, uns ist egal, egal wer heute siegt!«, dröhnt es von der Bühne. »Olé olé olé ola, weil es um was andres geht!« Und ich sehe Campinos vergrößerte Visage und wünsche, ich könnte jemand anderen dort auf dem Bildschirm erkennen, könnte Luis wiedertreffen, um endlich herauszufinden, worum es wirklich geht.

Oder anders. Mit einem Mal ist da dieses kaum zu erkennende Lächeln in der Dämmerung. Zu weit entfernt, um gleich sicher zu sein, bin ich mir doch zu sicher, um zu weit entfernt zu sein. Wie gern wäre ich jetzt unsichtbar. Winkt da eine Hand? Ich will nicht gemeint sein. Kann es sein, dass die Person, an die man gerade gedacht hat, kurz darauf zugegen ist? Zaubertricks sehen anders aus. Die Wahrscheinlichkeit, in diesem Moment auf dem Tempelhofer Feld zu sein, wenn man ohnehin oft auf dem Tempelhofer Feld ist, ist nicht sonderlich gering. Und es ist ja auch gar nicht die *eine* Person, leider ist es die andere.

Und das Hoch, das am vergangenen Wochenende die in der Sahara aufgeheizten Luftmassen mit einem kleinen Umweg über die Iberische Halbinsel nach Deutschland geschoben hat, hieß nicht Luise, dieses Hoch hieß Antonia. Und Karla und ich saßen still vor uns hin schwitzend auf der Hochzeitsfeier von Freunden, ein Gewitter herbeisehnend.
Oder anders. »Olé olé olé ola, wir scheißen auf den Sieg!«, hallt es wieder und wieder über den Platz. »Olé olé olé ola, es ist nur ein Auswärtsspiel!« Und ich stolpere zwischen den Sitzenden hindurch. Hoffentlich hat sie mich nicht erkannt. Das wäre mir unangenehm. Ich möchte sie nicht sehen, möchte aber auch nicht, dass sie mich sieht. Dass sie sieht, wie ich sie nicht sehen möchte. Sie soll nicht schlecht von mir denken. Sie soll einfach nicht mehr an mich denken, allenfalls so, wie man an eine vorübergehende Laune denkt. Denn das war es: eine vorübergehende Laune.
Die Verlogenheit dieses Wunsches ist mir bekannt. Er ist so verlogen, wie die ganze Laune war. Gewissermaßen eine Laune im Affekt. Man sollte keine andere küssen, wenn die eine gerade nicht anwesend ist. Zumal die eine auch nur eine andere war. Eine andere zu küssen ist niemals gut. Dabei tut küssen so gut. Egal, ob die eine oder die andere. Weshalb die andere am Ende wie die eine ist.

Oder anders. »Na hoppla! Vor wem bist *du* denn auffe Flucht?« Die raue Stimme des Sohns von JFK und ein Schmerz am Schienbein holen mich zurück in die Gegenwart. Sein Lächeln legt eine Zahnlücke frei und das grobporige Gesicht in zig Furchen. Aufgrund meiner Gedankenschwere wäre ich um Haaresbreite über sein Pfandflaschenwägelchen gestolpert und genau auf den inmitten der Ladung hockenden Langhaardackel gestürzt. Kein Wunder also, dass mich dieser nun wütend ankläfft.

»Entschuldigung!«, sage ich. »Tut mir ehrlich leid.«

Der Hund akzeptiert das nicht. Sein hohes, asthmatisches Bellen will nicht aufhören.

»Nu is jut, Onassis!« Herrchen versucht es zunächst auf die sanfte Tour. Als der Hund sich nicht beruhigt, verschärft der Sohn von JFK seinen Ton: »Onassis der Vierte! Genug ist genug! Immerhin hat sich der Herr entschuldigt.«

Das wirkt sogar. Onassis IV. hält inne, dreht die angegraute Schnauze zu Herrchen, winselt leicht nach und legt dann den Kopf auf die Flaschen, ohne mich aus den feuchten Augen zu lassen.

»Onassis der Vierte?«

»Na, es gab auch Onassis den Dritten, Onassis den Zweiten, und der Erste hieß einfach Onassis.«

»Und wieso Onassis?«

»Du weißt doch, wer mein Vater ist?« Kurz legt er seine Hand auf den schütteren Scheitel, als wolle er sich des Sitzes der dünnen Tolle vergewissern.

»Ihr Vater?«, bin ich irritiert. »Onassis war Ihr Vater?«

»Humbug! Wer bitte nennt seinen Hund nach dem eigenen Vater?! Ich bin der Sohn von John Fitzgerald Kennedy! Dachte, das wissen hier alle!«

»Ja, man erzählt es sich.«

»Warum fragste denn so blöde?«

»Ich war halt überrascht. Wo Onassis der Zweite Gatte von Jackie …«

»Der Witwentröster! Hätte aber JFK gleich meine Mutti geheiratet …«

»Woran ist das gescheitert?«

»Für ihn war sie nur ’ne Affäre.«

»Eine nicht völlig folgenlose, was?«

»Na ja, am nächsten Tag war der ja wieder weg. Und kurz danach brach der Krieg aus. Als Mutti merkte, was er ihr hinterlassen gehabt hat, wollte sie das verständlicherweise lieber für sich behalten.«

»Kennedy war schon vor dem Krieg in Berlin?«

»Ja, direkt danach auch. Da muss ich gerade fünf geworden sein. Aber Mutti und ich waren bei Verwandten auf’m Land.«

»Sie haben ihn nie kennengelernt?«

»Wie ooch? Als er dreiundsechzig kam, ist er der Präsident von Amerika gewesen! Der mächtigste Mann vonne Welt. Ick bin damals natürlich zum Rathaus Schöneberg. Die größte Rede von seiner Karriere war det. ›Ick bin een Berliner!‹« Fragender Blick.

»Klar, kennt man ja!«

»Bist ’n kluges Kerlchen! Und der Satz war ja nicht mal auf Englisch!« Wieder fährt seine Hand übers Haar. »Ich war gewaltig stolz auf ihn. Mittendrinne im Jubel. Det ist mein Vater!, wollt ich am liebsten rufen! Hätt mir eh keener geglaubt. Hab immer gehofft, eines Tages, wenn er älter ist, wenn er mehr Zeit hat, wenn er nicht mehr Präsident von Amerika ist, schreib ich ihm mal, und er lädt mich ein uff seine Yacht. Aus irgendwelchen Gründen habe ich mir immer vorgestellt, wie wir uns uff seine Yacht treffen. Wie ick ihm sage: Daddy, ick bin dabei jewesen! Du bist nicht nur een Berliner, du hast ooch een original Berliner Sohn! Na ja.« Seine Augen haben sich mit Feuchtigkeit gefüllt. »War auf jeden Fall ’n Schock für uns alle, wie er ermordet worden ist. Wir Berliner sind an dem Abend wieder zum Schöneberger Rathaus. Feierlich mit Fackelzuch. Waren mehr da gewesen wie bei seiner Rede 'n halbes Jahr vorher. Mitten in der Nacht ist dann der Brandt raus auf'n Balkon. Der war vielleicht besoffen, der Willy! Hat gesagt: Eine Kerze ist erloschen für alle, die uff Frieden und uff eene bessere Welt hoffen. Und det wir 'ne Kerze für ihn ins Fenster stellen sollen. Det jing allen nah. Da blieb keen Auge trocken. All die fremden Menschen trauern um meen Vater, und uff eenmal wird ma deutlich: Theoretisch könnt ick jeden Einzelnen von die tausendmal besser kennlernen wie ihn.« Er zieht die Nase hoch, wischt sich durchs Gesicht. Onassis IV. gibt einen wehmütigen Ton von sich. Herrchen greift ihm ins Fell.

Durch die Luft dröhnt der Klassiker »Heute hier, morgen dort«. Was früher an Lagerfeuern in unser Gedächtnis geklampft wurde, beschallt jetzt einen Flughafen, von dem man nicht so leicht mehr wegkommt. »Manchmal träume ich schwer, / und dann denk ich, es wär / Zeit zu bleiben und nun / was ganz andres zu tun.« Obwohl der Text kaum zu verstehen ist, rekonstruiert ihn mein Kopf aus den herüberwehenden Fetzen.

»War Kennedy ...«, versuche ich das Gespräch fortzusetzen, »also Ihr Vater? Der müsste doch damals in Tempelhof gelandet sein.«

»Nee, in Tegel. Der war sogar wegen der Luftbrücke gekommen. Irgend so 'n Jubiläum. Geflogen ist er über Tegel. Hier gewesen ist er nicht mal. Bloß an der Mauer. Die soll ihn ja auch auf den einen Satz gebracht haben. Wegen mir hat er das nicht gesagt.« Er zeigt wieder seine Zahnlücke. Das feuchte Glänzen seiner Augen ist unverändert. »Ich muss mal weiter! Bisschen für Ordnung sorgen.« Er fasst nach

dem Griff seines Wägelchens, lässt die Flaschen sanft klirren und Onassis IV. leise fiepen.
Mir fällt der Becher ein, den ich die ganze Zeit in der Hand halte. Ein Schluck bestätigt, dass das Bier längst schal ist. Ich kippe es aus und halte ihn dem Sohn von JFK hin.
»Was soll ick mit so 'm blöden Becher?«
»Ein Sammlerstück. Waren zwei Euro Pfand drauf.«
»Schmeiß dazu!« Er deutet auf den Wagen. Ich tue es. Anschließend kontrolliert der Sohn von JFK erneut seine Frisur, nickt und zuckelt von dannen. Bis ich mich abwende, schaut mir Onassis IV. aufmerksam nach.

Oder anders. Der Himmel überm Feld verliert seine Farben. Eben noch rot lodernde Wolkenbänke, Postkartenkitsch am Horizont. Nun helles Nachtblau mit pastelltonigen Streifen an den Rändern. Das Wummern und Gekrächze, unterbrochen nur von krakeelenden Ansagen, ist zwar gut zu hören und doch kaum zu verstehen. Leicht ausblendbares Grundgegrummel hinter dem aufgekratzten und angelallten babylonischen Stimmenmix um mich herum in der Grillzone, wo nichts mehr grillt, allenfalls glimmt. Verschmortes Biogrillgut juckt in der Nase.
»Das ging im Nu in Flammen auf. Hättste mal sehen sollen!« Florian gluckst. »So schnell, wie das abgefackelt ist, konnten wir nicht mal mehr die Würstchen retten.«
»Du glaubst nicht, wie krass schnell Tofu brennt!«, quatscht Joshua dazwischen, der bis dahin auf ein Mädchen mit hennarotem Haar eingeredet hat.
»Ich mag Tofu gern«, bekennt diese trotzig. Unter ihrem nach links wachsenden Haupthaar sind die Seiten kurz geschoren.

Florian hat mir einen Platz auf seiner karierten Decke angeboten, nachdem wir uns in der Nähe des Ausgangs Oderstraße getroffen und auch erkannt haben, dank der mobilen Strahler, die nachher den Konzertbesuchern heimleuchten sollen.
Ich trinke eins der von ihm aus dem Späti herbeigetragenen Biere. Irgendein Helles aus einer mir unbekannten bayerischen Brauerei. Ein junger Mann bittet mit vielen Zischlauten um leere Flaschen, die er einer abseits wartenden und Kopftuch tragenden älteren Frau in den Trolley steckt.

Trol|ley ['trɔli], der; -s, -s [engl. trolley = Einkaufswagen; Kofferkuli, wohl urspr. mundartl. u. zu: to troll = laufen, gehen, vgl. ↑ trollen]: *mit Rollen u. einem ausziehbaren Griff zum Hinter-sich-Herziehen versehener Koffer.*

»Ist doch beruhigend zu wissen, dass wir für einen guten Zweck trinken.« Florian hält mir seine Flasche hin.
Ich lasse meine dagegenklirren. »Pfand ist die neue Altersvorsorge!«
»Wegen der Toten Dosen dahinten ist Schnaps heute übrigens verboten«, sagt Joshua. »Auf dem ganzen Feld!«
»Als ob *du* Schnaps trinkst«, erwidert Florian.
»Na, hätte Eske zur Feier des Tages irgend so 'n Küstennebel mitgebracht …«
Seine Deckennachbarin verzieht das Gesicht. Eske. Seltsamer Name. Wofür ist das wohl die Kurzform?
»Was feierst du denn?«, frage ich sie.
»Endlich weg!«, sagt Eske. »Berlin ist so nervig.«
»Ja«, sage ich, »ständig ziehen neue Leute hierher. Man könnte glauben, in der Provinz würden reihenweise Ortschaften unbewohnbar wegen des Klimawandels oder weil sich ge-

fährliche Tiere dort ausbreiten. Schnappschildkröten und so.«

Die junge Dame lässt den Blick schweifen, die Finger hantieren an der Holzperlenkette um ihren langen Hals.

»Und dann stellt man fest, dass es in Berlin keine Arbeit gibt, nur Praktika«, rede ich weiter.

»Sie hat ja Arbeit«, sagt Joshua.

»Callcenter?«

»Nee, ich schreib für die *taz*.«

»Eske hat 'ne eigene Kolumne«, erklärt Joshua.

»Von der kann man prima leben – nicht!«, sagt Eske.

»Und worüber beklagst du dich?«, will ich wissen.

»Ich beklag mich kein Stück. Ich fühl mich einfach nicht wohl in Berlin. Dieses permanente Gefeiere. Ohne Drogen schaffen's manche nicht mal bis zum Bäcker.«

»Gegen die Unfreundlichkeit der Verkäuferinnen ist das doch ein gutes Mittel«, wirft Florian ein.

»Ach, der herbe Charme der Urberliner ist mir tausendmal lieber als die permanente Unverbindlichkeit. Dieses: ›Ich weiß nicht, ob mir das mit heute Abend passt.‹ – ›Keine Ahnung, ob mir das gefällt. Hat ja auch gar keine Likes bei Facebook.‹ Alles prallt an allen ab. Jedes tiefer gehende Gespräch strengt sie an. So lauwarm! Keiner will sich die Blöße geben, auf jemand anderen angewiesen zu sein.«

»Vielleicht hast du die falschen Leute kennengelernt?«, mutmaße ich.

»Schon möglich. Euch ja gerade erst.«

»Ich dachte, ihr feiert zusammen?«, bin ich überrascht.

»Nee, ich bin mit den Typen dahinten!« Sie deutet auf die Gruppe neben uns, hauptsächlich dunkelhaarige Männer, die mir spanisch vorkommen. Oder italienisch.

»Eske zieht übermorgen nach Bremen«, sagt Joshua und zupft an der Wiese.

»Und das Tempelhofer Feld ist dein Lieblingsort?«, frage ich sie.

»Geht so. Die Jungs wollten. Nachher geht's noch ins Berghain.«

»Ins Berghain?« Florian tut entsetzt.

»Im Ö ist heute Chanson-Clubbing«, weiß Joshua.

»Okay?« Eske nickt mit zusammengekniffenen Lippen vor sich hin. Dann trifft ihr Blick den meinen. »Eigentlich ist das Areal doch total oll. Was findet ihr bloß alle daran? Ein stillgelegter Flughafen! Es gibt nicht mal 'nen scheiß Teich oder Bäume und Bänke.«

»Dafür aber die absolute Freiheit«, insistiert Florian.

»Freiheit?« Eske zieht die Beine an ihren Oberkörper. Dabei bauscht sich ihr figurunbetonendes, knittriges Kleid zu einem Ballon auf, der nur langsam Luft verliert.

»Ich kenne keinen freieren Ort – nicht! Voll die verordnete Unfreiheit ist das! Wegen so 'ner Kommerzkacke am anderen Ende darfste keinen Schnaps mitbringen. Alles ist begrenzt. Die Öffnungszeiten. Wo man grillen darf. Wo Hunde ohne Leine sein dürfen. Wo man seinen Garten hinpflanzen darf. An so 'ne Box kommt man so oder so nicht ran, hab ich gehört.«

»So unfrei find ich das gar nicht«, sage ich. »Und was die fehlenden Bänke angeht: Endlich mal eine andere Art von Park! Zu Königs Zeiten, im Absolutismus, Versailles und so, da hat man den Gärten angesehen, wer gerade die Welt beherrscht. Da galt Natur erst als schön, wenn man sie arrangiert hat. Also wurden Hecken beschnitten, Flüsse begradigt, Wege angelegt.«

»Hier ist doch auch überall Asphalt!«, wirft Eske ein.
»Aber die Natur holt sich das Gelände Stück für Stück zurück. Und alles, was die Menschen veranstalten, kommt nicht von oben, sondern dient der individuellen Verwirklichung.«
»Wer weiß, wie lange noch«, sagt Eske.
»Ist ein bisschen wie mit dem Internet«, sagt Joshua. »Wenn wir da nicht krass aufpassen, wird das bald nicht mehr so frei sein wie heute.«
»Geniales Bild, Josh!« Florian hebt einen Zeigefinger. »Das Tempelhofer Feld ist voll das analoge Internet: Jeder kann sich ausprobieren, weil Platz ist übelst genug für alle da!«

Oder anders. Sie hat nicht einmal gefragt, ob wir mitkommen wollen. Eine Weile trinken wir schweigend.
»Und alle so: Yeah.« Joshua lässt den Kopf hängen.
»Was erzählste auch vom Chanson-Clubbing!?«, sagt Florian nach 'ner Weile. »Das war doch letztes Mal übelst öde.«
»Mir fiel nichts anderes ein«, Joshua reißt nach wie vor Grashalme aus. »Aber den Internetvergleich fand sie auch nicht so geil, glaub ich.«
»Ich fand's gut«, sage ich. »Landschaftsgarten 2.0 quasi.«
»Die wär eh nicht in das freie Zimmer gezogen.«
»Mehr als ein Platz in meinem Bett hätt ich der ja überhaupt nicht angeboten«, sagt Joshua.
Und mir stockt der Atem. Habe ich das eben richtig verstanden? Ist Luis etwa aus der WG raus?
»Ihr habt ein freies Zimmer?«
»Suchst du eins?«, fragt Florian.
»Luis hätte bestimmt nichts dagegen.«

»Meinst du?«, hake ich nach.

»Wir können sie ja morgen mal fragen.«

»Sie wohnt also noch bei euch?«

»Wo sonst?«

»Theo hat sein Gastspiel beendet. Der ist jetzt irgendwo in Afrika.«

»Der Archäologe? Lief zwischen ihm und ...« Ich zögere.

»Luis?« Die beiden fangen an, nahezu hysterisch zu kichern. Dann hält Joshua Florian seine Faust hin.

»Ja, genau«, sagt der.

»Nee, ich glaub, Luis steht eher so auf ältere Typen. Da haben wir drei keine Chance.«

»Was heißt älter?«, will ich wissen.

»So vierzig.«

»Ist das so?«

»Denkste, ich hätte sonst eben die Hippiebraut angequatscht?«, sagt Joshua.

»Ich brauch übrigens gar kein Zimmer«, sage ich.

»Ich glaub auch, wir haben eh jemanden«, sagt Florian. »Eine Frau! Das wäre echt gut.«

»Aber wenn du magst ... Wir machen demnächst 'ne Party. Könnte was Größeres werden.«

»Gut«, sage ich.

»Bist du bei Facebook?« Florian zückt sein iPhone.

»Nee.«

»Krass!«, findet Joshua.

»Dann gib mal deine Nummer. So rein zufällig trifft man sich ja doch eher selten.«

»Heute hat's ja geklappt.«

»Ja, aber wenn du echt jemanden treffen willst, geschieht das never ever. Ist allein rein statistisch ausgeschlossen.«

»Meinste nicht, dass man hin und wieder Menschen trifft, an die man kurz zuvor gedacht hat?«, frage ich.
»Ist dir das schon mal passiert?«
»Ja, vorhin!«
»Echt? Übelster Riesenzufall würd ich sagen! So schnell wird dir das sicher nicht wieder passieren!«

Oder anders. Gut, dass ich jetzt Florians Handynummer habe. Und ich bin zu einer Party bei ihm, Joshua und vor allem bei Luis eingeladen! Und plötzlich fällt mir auf, dass ich die beiden gar nicht nach der Adresse gefragt habe. Wie dumm! Sonst wüsste ich endlich, in welcher Straße ich Luis zufällig treffen könnte. Aber das wäre außerhalb des Tempelhofer Feldes. Eine ganz neue Ausgangslage. Und die Party? Kann das gut gehen? Oder machen wir nahtlos an der Stelle weiter, an der Luis mich zurückgelassen hat?
Entgegen dem Strom der vom Konzert Kommenden laufe ich auf dem provisorisch beleuchteten Weg. Ich kann mir Zeit lassen. Karla ist mit ihren Freundinnen unterwegs. Das wird stets spät.
Den teils in die Jahre gekommenen Fans folgt eine Schar noch Älterer, meistens Männer, die die Wegränder und Wiesen von Leergut befreien.
Es stimmt vermutlich: Wir Jungen trinken, damit die Alten dank der übrig gebliebenen Hülsen unseres Rauschstoffes ein Leben fristen können, getragen von der Erinnerung an eine schönere Vergangenheit.
Wieder kommt mir die eine Melodie in den Sinn. Ja, manchmal träume ich wirklich schwer. Vielleicht ist es das Beste, dort zu bleiben, wo ich bin. Zu alt, um die Sesshaftigkeit aufzugeben. Egal, ob man mir das ansieht oder nicht. Joshua

und Florian sehen mich garantiert nicht als Mitglied in Luis' Zielgruppe. Und Luis? Und ich? Ich will sie finden und fahnde kaum nach ihr. Ein Kommissar ohne Fall, für den die erste Spur bereits die Lösung ist. Dabei weht der Wind gelegentlich aus zwei Richtungen. Zumindest auf dem Tempelhofer Feld.

Oder anders. Stehe mit einem Mal in einem matt beleuchteten Turm auf steilen Stufen. Rücken an Bauch an Rücken sind wir ein Volk von Treppengängern. Dicht gedrängt trippelt das deutsche Schleimwesen nach oben. Tritt Schulter an Schulter in die Sommernacht. Und staunt: Wir sind ein Bogen Menschen. Der Halbkreis der Verdammnis. Uns zu Füßen die dunkle Fläche des Tempelhofer Feldes. Lichtfinger fahren nervös über den blauschwarzen Himmel, stochern in den Wolken. Stimmengewirr tief unter uns auf dem Rollfeld. Klarmachen zum Exerzieren.

»Olé olé olé ola!« Die Abschiedsvorstellung hat begonnen. Das Ballett der Kofferroller balanciert Pfandflaschen. Von allen Seiten strömen Trachtengruppen aus Neukölln und dem Prenzlauer Berg herbei. »Olé olé!« Zu ekstatischen Elektrobeats jonglieren sie mit diversem Fremdgebäck, Wecken und Semmeln und Bömmeln und Kipfeln um sich werfend.

»Wenn das der Stiegensteiger vom Inn und sein Reichsjägermeister gewusst hätten«, raunt es neben mir. Ich blicke in ein verlebtes Grinsgesicht. Campino?, wundere ich mich. »Kein Volk von Fliegern sind wir und erst recht keine Krieger«, fährt der Mann fort. »Wir sind ein Volk von Liegenden. Ständig müssen wir uns ausruhen«, sagt er heiser. »In diesem Land gibt es viel zu wenig Liegewiesen, Ruhezonen,

Einschlafräume. Dafür sollten wir kämpfen!« Energisch bahnt er sich den Weg durchs Gemenge bis zum Rand der Tribüne, wo er mit ausgebreiteten Armen den Absprung wagt, während von hinten Schrippen durchgereicht werden für den fälligen Gegenangriff.

EIN VIERZEHNTER TAG

Oder anders. Die Braut ist nicht mehr die Jüngste, ihr Kleid ein wenig knapp. Dem Bräutigam fehlen die Haare. Das Jackett zerknittert, der Rücken krumm. Die zwei scheinen ohne Gäste zu feiern. Niemand streut Blumen, niemand hat Reis dabei. Fotos jedoch werden zahlreich gemacht. Das Paar posiert für ihm unbekannte Smartphonebesitzer. Sollte diese Ehe vor keinem Standesamt oder Altar bestehen können – auf dem Tempelhofer Feld ist sie gültig.
Alle haben wir gesehen, wie ihnen der Schaum beim Befüllen der Sektbecher über die Finger gesprudelt ist. Alle haben wir die Freude von ihren Gesichtern gelesen, das Lachen aus ihren Mündern gehört. Alle beobachten wir das Glück. Das Glück, das keine Fragen stellt. Das so leicht erscheint und so schwer zu finden ist. Viele werden die Bilder auf ihre Displays wischen, rumzeigen, hochladen, posten. Guckt euch *die* an! Ist das noch peinlich oder einfach nur schön?

[2]pos|ten ['poʊstn̩] ‹sw. V.; hat› [engl. to post] (EDV): *sich mit Fragen, Antworten, Kommentaren im Internet beteiligen.*

Oder anders. Mir ist nichts Höheres bekannt als eine akute Verliebtheit. Ausnahmezustand der Gefühle. Unfassbare Euphorie, die den Magen füllt mit Glück und Zweifeln, weshalb kein Platz mehr bleibt für Banales wie Burger und Bananen. Ziel jeder Verliebtheit ist das Erreichen eines Dauerzustands. Bestenfalls bar jeder Vagheit. Daher muss sich der emotionale Aufruhr irgendwann und zwangsläufig beruhigen. Die Schlaflosigkeit aus Ungeduld weicht dem tiefen Schlummertrunk der Marke Urvertrauen, dank der sich Liebe dauerhaft leben lässt. Kitsch ist das neue Yeah! Wenn schon erwachsen, dann richtig.

Doch je länger man seine Liebe lebt, desto reifer wird das unterschwellige Bedürfnis im Gefühlshaushalt, endlich mal wieder alle Fenster aufzureißen, den Besen in die Ecke zu schleudern und das Radio laut zu stellen. Wenn die inneren Whirlpooldüsen im Dauerbetrieb sind und dein Blut zu sprudeln beginnt angesichts einer nahezu unbekannten Person. Du möchtest noch so viel wissen und vor allem wieder und wieder diese Lippen küssen, ein Lachen hören, das dir immer vertrauter wird, sodass du aus dem mühsam gefundenen Schlaf schreckst, weil du dieses Lachen geträumt hast. So ein Rauschzustand hält länger an als jede Trunkenheit. Dafür ist der eines Tages einsetzende Kater weitaus heftiger.

Sollte er denn kommen. Vielleicht ist die Gewissheit lang anhaltender Liebe dem Ganzen doch vorzuziehen. So ist das mit Süchtigen: Nehmen gar nicht wahr, wie gut der alte Stoff noch wirkt. Haben vergessen, wie sie auf dem Wonnesofa gelandet sind, von wo aus sie einen schwitzenden Stefan Raab dabei beobachten, wie er allein durch die Lust am Siegen verhindert, von einem Fremden im Spiel geschlagen zu werden. Dieser macht das fürs Geld – jener dagegen, um in Bewegung zu bleiben.

Bleibt man also auf ewig eingeklemmt im Hamsterrad der Begierde und hechelt den jungen Dingern hinterher wie den neuesten Trends? Der letzte Schrei der Saison sind kleine Frauen mit lilafarbenem Haar, Handtaschentick und überwundener Bulimie. Aber küssen junge Frauen tatsächlich besser als ältere? Oder geben sie sich gar weniger Mühe? Und sind erinnerte Aufregungen nicht viel besser, weil überstanden?

Die Wagenpanne in den Pyrenäen und die Bäuerin, die uns nicht aufnehmen wollte, so als unverheiratetes Paar, bis sie von ihrem greisen Vater zu guter Letzt dazu überredet werden konnte.

Mein gebrochener Fuß.

Meine gebrochene Hand.

Ihre rätselhaften Schwindelanfälle, die verschwanden, wie sie gekommen waren: unerwartet.

Unser beider Signaturen unter dem Mietvertrag.

Der Tod ihrer Schwester und meine Unfähigkeit, auf ihre Trauer einzugehen.

Die Woche, in der wir nicht einmal miteinander telefoniert haben und die uns beiden gleichermaßen schwerfiel.

Mein Kampf ums Examen. Wie sie mir verständlich machte, was ich längst hätte wissen müssen.

Der Code, mit dem wir nicht ins Hotelzimmer kamen in Lille, mitten in der Winternacht, und keine Kneipe, kein Restaurant mehr offen. Wie wir notgedrungen durch die verschneite Stadt gelaufen sind, um nicht zu erfrieren, uns an der magischen Stille ergötzt haben und schließlich zu einem Tankwart kamen, der uns nicht nur Kaffee kochte, sondern auch eine Schlafcouch anbot.

Am Ostseestrand vom grellfarbigsten Sonnenaufgang aller Zeiten geweckt zu werden.

Der im Ofen vergessene Geburtstagskuchen.

Der verkaterte Tag in Madrid, vormittags ausgecheckt und Flugtickets für den Abend.

Und dazwischen lange Intervalle, angefüllt mit beglückender Ereignislosigkeit.
Szenen einer langjährigen Nichtehe, gemeinsames Zähneputzen inklusive. Die Zeit nach dem Happy End. Plötzlich ist man sich nicht mehr sicher, ob es acht oder neun Jahre schon sind, doch man will nicht, dass das aufhört. Obwohl man gelegentlich mehr dafür tut, als man selbst für möglich gehalten hätte. Im Grunde ist es simpel: Forever Mausepeter, never Svennibenni. Das ist die Devise.

Oder anders. Der Einzige, der das aus der Zeit gefallene Hochzeitspaar nicht knipst, auch wenn er die vermutlich beste Ausrüstung bei sich trägt, ist der Birdwatcher von der Infotonne. Auf der er gar nicht steht. Unbeteiligt guckt er durch seine gefärbten Brillengläser. Aber er guckt. Als ich mich ihm nähere, macht er kein Anzeichen eines Wiedererkennens. Doch sobald er mich in Hörweite wähnt, beginnt er, mit mir zu sprechen: »Die sind jedes Jahr hier, kannste den Kalender nach stellen.«
»Aber wieso?«, will ich wissen.
»Na, wegen der Entführung!«
»Welcher Entführung?«
»Nie von jehört?«
»Flugzeugentführung?«
»›Landet ooch in Tempelhof‹, wie's so schön heißt. Wegen der Fluggesellschaft, war 'ne polnische«, erklärt er. »Und die drei Buchstaben standen vorne groß druff, blau auf weiß: LOT. ›Landet ooch in Tempelhof‹ halt. Ende der Siebziger muss det jewesen sein. Weeß ick noch wie gestern. Hab damals zufällig beobachtet, wie die Tupolew dahinten angeflogen gekommen ist.« Er zeigt Richtung Neukölln. »Die

Landebahn war viel zu kurz für die. Ganz niedrig kam se an. Hui! Bis zum Zaun isse gerollt. Kannste schon mal die Luft anhalten! Haben wir alle getan.«

»Und das waren Polen?«

»Nee, 'n Ostberliner. Dem ham se hinterher 'n richtigen Prozess gemacht, direkt im Flughafen. Mit Geschworenen!«

»Mit Geschworenen?«

»War offiziell amerikanisch. Gab's später sogar 'n Film drüber.« Er korrigiert den Sitz seiner Brille. »Die mussten den ja verknacken. Ging nicht anders. Flucht aus'm Osten: vollkommen in Ordnung. Flugzeugentführen dagegen: weniger. Aber der Richter war 'n Fuchs. Hat den zu der Zeit verurteilt, die er eh abgesessen gehabt hat. Inna U-Haft.«

Was für ein Filmstoff! Das Happy End ist bloß der Anfang. Netto fünfunddreißig Jahre Glück.

»Und seitdem feiern die hier?«, frage ich.

»Nee, das ist der ja nich. Die beiden da waren nur ooch in dem Flieger. Kann sein, dass die sich sogar so überhaupt kennengelernt haben. Weil das konnten die sich ja aussuchen, ob die zurück in die Zone wollen oder doch lieber im Westen bleiben.«

»Keine Frage, oder?«

»Denkste!« Seine Augenbrauen heben sich. »Die meisten sind wieder zurück. Dabei gab's anjeblich Coca-Cola, Hamburger, Zigaretten und 'n Ausflug zum Ku'damm für die. So zum Anlocken.«

»Kein Wunder dann.«

»Wie ist dis denn jetzt zu verstehen?«

»Na ja«, sage ich.

Inniger Kuss der Brautleute. Noch einmal die Becher hoch. Letzte Fotos. Die Smartphones gleiten zurück in ihre Hüllen. Der Sekt schäumt kaum mehr. Ostdeutsche Sorte. Längst Marktführer, hüben wie drüben.

Oder anders. Das Gras ist ab. Kurz gemäht und fortgeweht. Was weiß ich. Die Feldlerchen haben wohl fertig gebrütet und ihren Nachwuchs in die Luft entlassen. Wo bei meinem letzten Besuch noch Halme im Wind wogten, stehen jetzt kurze Stoppeln. Selbst die Absperrungen sind weg, man kann schräg drübergehen. Wo man vorher mit einem Mal im Feld verschwand, wenn man dem schmalen gepflasterten Weg folgte, bleibt man nun von Weitem sichtbar.
Und trotzdem ist niemand da. Bis gerade eben lagerten Entspannung Suchende am Wegesrand, ließen junge Männer Drachen steigen, rannten Kleinkinder stampfend Hummeln hinterher, und mit einem Mal bin ich allein. So wenig Schatten es hier auch gibt auf diesem Areal aus Wind, Licht und Weite, keine Ecken zum Verstecken, so leicht kann man auf dem Tempelhofer Feld ins Abseits geraten, glauben, man sei auf sich gestellt – die lärmende, brüllende, trötende Stadt ringsum. Als sei man in einen Krater gerutscht, Bombentrichter der Geschichte, Sammelbecken der Vergessenen.
Genau so steht *er* jäh vor mir. Großer Mann, klobiger Körper. Gelblich graue Gestalt. Komplett im Sepiaton gehalten. Kuttenartiges Gewand. Breitflächiges Gesicht mit hohen Wangenknochen. Zum Fürchten hässlich, wären da nicht diese weit aufgerissenen Augen eines Kindes. Und die Haare! Wie bei einer Playmobilfigur. Hätten Playmobilfiguren Prinz-Eisenherz-Frisuren.

Prinz Ei|sen|herz [im englischen Original Prince Valiant], *Name einer US-amerikanischen Comicserie, die von ihrem Schöpfer in den Sagenkreis um König Artus und die Ritter seiner Tafelrunde eingefügt wurde.*

Erstaunt betrachtet mich der Hüne, die Arme leicht von sich gestreckt. Zwischen uns liegen nur ein paar Meter, man könnte aber meinen, es wäre eine unüberwindbare Distanz.

Stille umgibt die Szenerie. Als würde dieser merkwürdig archaisch wirkende Typ jedes Geräusch schlucken, ist das notorische Grundrauschen der Gegenwart wie verstummt. Menschen- wie Vogelstimmen sind nicht mehr wahrnehmbar. Mag sein, dass mir dafür auch gerade die Aufmerksamkeit fehlt. Der Fremdartige zieht mich in seinen Bann.

Und so kann ich erst recht nicht von ihm lassen, als er von mir lässt. Mit ungelenkem Ruck wendet er sich zur Seite. Das lässt seine steife Frisur wackeln, als sei sie eine schlecht sitzende Perücke. Mit durchgedrückten Knien beginnt er zu laufen. Wohin bloß des Weges?, frag ich mich und zögere nicht lange, ihm zu folgen.

Das Tempo höher als gedacht, stapft er quer über die menschenleere Wiese. Und ich hinterher, ohne auf die Umgebung zu achten. Bis ich ihn mit einem Mal aus den Augen verloren habe. Wie kann das sein? Ich muss feststellen, dass ich zwischen Gebäuden stehe. Nicht etwa in der Herrfurthstraße oder gar am Tempelhofer Damm, sondern in einer urig anmutenden, engen Gasse inmitten schief emporragender Fachwerkhäuschen, wie ich sie nie zuvor in Berlin gesehen habe, nicht einmal im Nikolaiviertel oder im Museumsdorf Düppel.

Auch wirkt hier gar nichts museal verstaubt. Die lehmfarbenen Wände glänzen feucht, als wären sie wirklich gerade in die Höhe gewachsen oder errichtet worden. Nur dass – was mir erst jetzt auffällt – keine Menschenseele zugegen ist. Und der von mir Verfolgte, so er denn ein Mensch war, bleibt verschwunden. Ich gehe ein paar Schritte auf und ab und habe leider bereits die Orientierung verloren. Weiß nicht mehr, woher ich kam. Wohin ich wollte, sowieso nicht.
Völlig unbekannt ist mir die Gegend trotzdem keinesfalls. Ich habe sie erst vor Kurzem gesehen. Das wird mir schlagartig bewusst und kann gleichfalls nie und nimmer stimmen. Als wäre ich in die Kulissen des Stummfilms *Der Golem, wie er in die Welt kam* geraten, den ich mir neulich in einer flimmernden Fassung bei YouTube angeschaut habe, weil er auf dem Tempelhofer Feld gedreht worden ist. Aber vor über neunzig Jahren! Stünden noch die Kulissen, würde man davon doch wissen. Und wer war dieser Perückenmann? Etwa der Golem?
Was für ein Mumpitz!, denke ich und weiß gleichzeitig, dass er der damals von Paul Wegener gespielten mystischen Figur aus dem mittelalterlichen Ghetto Prags ziemlich geähnelt hat.
Ratlos stehe ich inmitten der wuchernden Fassaden. Torbögen, Erker, schiefe Türmchen, die die Sicht auf den Himmel verstellen und doch keine leblosen Wohnskulpturen sind. Eine Spielzeugstadt in Übergröße, vollkommen unbevölkert. Womöglich wirklich eine Filmkulisse? Irgendein verrücktes Projekt, von dem ich nichts mitbekommen habe? Weil man ja stets und ständig viel zu viel mitbekommt und das wenige verpasst. Drehen die hier am Ende *The Return of the Golem*?

Oder bin ich es, der zurückgekommen ist? So fühlt sich das fast an. Neben einer schiefen Tür leuchtet mir ein Ziffernfeld entgegen. Wie bei einem Telefon oder dem Hotel in Lille, in das Karla und ich nicht hineingekommen sind. Ich trete an das danebenliegende Fenster. Hinter den merkwürdig milchigen Scheiben herrscht Dunkelheit. Und doch meine ich, die Couch zu kennen. Wie albern! Als sei das der Platz damals auf der Party von Ansgar, wo Karla und ich uns das erste Mal geküsst haben.

Mein Blick irrt umher, bleibt hängen an einem Turm, der ähnelt dem der Kirche in Karlas Heimat. Und da, das erkenne ich von Weitem: der Eingang zu dem Lokal unseres ersten Dates, wo wir danach nie wieder waren.

Was soll das alles? Wo bin ich nur gelandet? In der eigenen, begehbaren Erinnerung? Im Adventskalender meiner Vergangenheit? Meiner Vergangenheit mit Karla?

Ich gehe ein paar Schritte, reiße die nächste Tür auf. Vielleicht fällt die Kulisse auch um. Vielleicht ist dahinter Leere. Aber nein. Ich stehe in dem Zimmer der kleinen Pension bei Orléans, wo Karla und ich vor ein paar Wochen gewesen sind.

Das Bett ist ungemacht, die Luft verbraucht. Ich höre Plätschern. Das kommt aus dem Badezimmer. Die Tür ist angelehnt. Ich höre leise Stimmen. Das muss der Tag sein, an dem wir das Frühstück verpasst haben.

Wieder im Freien, höre ich plötzlich ein gärendes Grummeln. Mir ist, als vibriere die Erde unter meinen Füßen. Und tatsächlich: Da kommen Menschen. Nicht wenige Menschen. War ich eben noch irritiert, allein zu sein, fühlt sich das nun nahezu bedrohlich an. Zumal ich mich ja gerade in einer sehr privaten Situation befinde. Meine Gasse. Meine

Erinnerung. Meine Karla. Wer sind diese Leute? Was wollen sie von mir?
Ich höre sie etwas rhythmisch skandieren: »Keine Bebauung! Keine Bebauung!«
Sie kommen näher. Es sind nur Frauen. Ich sehe nackte Beine, Blusen, Kleider, Röcke, Strumpfhosen, wehendes Haar.
»Freies Feld! Freies Feld! Freies Feld! Freies Feld!«
Und ist das nicht? In der ersten Reihe mit erhobener Faust, den Mund weit aufreißend, Luis. Sie trägt ihre knappen Shorts und das Fanta-Shirt. Sie lacht und schreit.
»Freies Feld! Himmel für alle! Freies Feld! Himmel für alle! Freies Feld! Himmel für alle!«
Und daneben? Ist das nicht? Sogar eingehakt an ihrer Seite: Antonia. Auch sie skandiert eifrig mit. Ich verstehe nicht den Zusammenhang. Als sich unsere Blicke treffen, schiebt sie für einen Moment die Unterlippe vor, stimmt aber gleich wieder ein in den Sprechchor.
»Keine Bebauung! Keine Bepflanzung!«
Sie kommen näher und näher. Eine reine Frauendemo. Und ich kenne sie alle. Jedes Gesicht ist mir vertraut. Jetzt bemerke ich Conny. Das Haar so kurz wie damals, als ich heillos verliebt war in sie. Knapp ein komplettes Jahr. Sie lächelt mich an. Was habe ich dieses Lächeln vergöttert! Hätte ich Karla nicht getroffen – wer weiß, wie lange ich ihr hinterhergerannt wäre. Mal ein Kuss hier, mal ein Kompliment da.
»Freies Feld! Himmel für alle! Freies Feld! Himmel für alle!«
Wer kommt als Nächstes? Karoline, meine Fee aus dem Kindergarten, deren Eltern sie nach Schöneberg verschleppt haben? Annika aus der Achten? Rebekka mit den traurigen Gedichten? Sabine? Alex? Sophie? An die ich zum Teil

kaum mehr gedacht habe? Ich will zurück ins Hotelzimmer. Aber die Tür, die bis eben offen stand, ist verschwunden.
»Freier Blick zum Horizont! Freier Blick zum Horizont!«
Die Frauen sind höchstens fünf, sechs Meter von mir entfernt. Trotz ihrer artikulierten Wut wirken sie fröhlich, grinsen mir zu.
»Keine Bebauung! Keine Bepflanzung! Keine Bebauung!«
»Nein!«, rufe ich. »Die Erinnerungen an euch gehören woanders hin!«
»Freies Feld! Himmel für alle! Freies Feld!«
Luis fixiert mich. Ich kann ihre Stimme heraushören. »Weg mit der Bebauung!« Sie wirkt kein bisschen zornig. Einfach nur schön. Ihre zarten Lippen. Das glatte Gesicht. Diese Augen! Diese flaschenfarbenen Mandelaugen. Zum Anfassen nah ihre schmalen Hüften. Wir könnten tanzen im Takt der Parolen.
»Nein!«, schreie ich. Was die Frauen ignorieren. Kurz bevor ihre Front mich erreicht, löst sich die Formation auf. Nun brüllen sie die Fassaden direkt an. »Keine Bebauung!« Ich sehe hämmernde Fäuste, zerrende Hände, stoßende Schultern. »Freier Blick zum Horizont!«
Die Wände geraten ins Wanken. Und direkt vor meinen Füßen geht etwas nieder: ein Dachziegel. »Achtung!«, rufe ich. Anschließend streift etwas Hartes meinen Nacken. Ich bücke mich danach. Ein Bündel Briefumschläge. Ich weiß, wer sie abgeschickt hat. In meiner Schrift: Karlas alte Adresse. Wann habe ich ihr das letzte Mal geschrieben?
Gerade will ich den ersten hervorziehen, als wieder etwas herabrauscht: Karlas geliebter Gummibaum, den ich – wir waren frisch zusammen und sie in Italien – totgepflegt habe. Er sieht so unrettbar aus wie damals.

»Weg mit der Bebauung!« Nach wie vor versuchen die Frauen, die Fassaden meiner Erinnerung einzureißen. Weiter hinten gerät der Kirchturm ins Wanken.

»Es reicht!«, entfährt es mir. Mit wenigen Schritten bin ich bei ihnen. »Freier Blick zum Horizont!«, skandieren sie. Auf Armlänge entfernt sehe ich das Fanta-Shirt vor mir. Ich packe Luis' Schulter, kann sie sogleich herumreißen, aber mich starrt ein leeres, nichtssagendes Gesicht an. Und während ich mich noch wundere, sie nicht wiederzuerkennen, spüre ich im Rücken einen Schlag. Etwas reißt mir die Beine weg.

Wie in Zeitlupe erlebe ich meinen Sturz. Mit einem Mal herrscht Stille. In den Ohren lediglich Rauschen. Über mir nichts als blauer Himmel, wolkenlos. Ich richte mich wieder auf. Die Frauen sind nirgends zu sehen. Freier Blick zum Horizont. Oder zumindest bis kurz davor.

Oder anders. Mir ist schwindlig. Benommen von dem Gesehenen, den erlebten Bildern, gewöhne ich mich erst allmählich an das blendende Sonnenlicht. Als ich von einer weiblichen Stimme angesprochen werde, fahre ich zusammen.

Die zwei Frauen vor mir wirken befremdet. Sie sind jung, alternativer Typ, Locken, Tücher im Haar, mehrere Piercings.

Anstatt Worte zustande zu bekommen, kratzt mich ein Räuspern im Hals.

Eine der beiden streckt mir einen Zettel entgegen, dicke schwarze Schrift auf weiß. Ich greife zu. Die beiden beeilen sich, weiterzukommen.

»Tempelhofer Feld für alle«, lese ich. Und: »Grillen statt Villen.«

EIN FÜNFZEHNTER TAG

Oder anders. Auf seinem Weg in den Süden ist der Sommer ein letztes Mal zurückgekehrt. Überall in der Stadt sind die Bäume bereits zerzaust und entgrünt, und auf dem Tempelhofer Feld liegt nicht einmal Laub. Der Himmel strahlt, als kenne er kein Grau, und die Sonne beißt mir in den Augen, tief, wie sie steht. Statt Wolken tanzen Textilgebilde flirrend über den Köpfen.

Liebende genießen halb nackt die Luft auf ihren Körpern. Ein letztes Mal im Jahr im Gras. Wer weiß schon, was sein wird, wenn der Winter sich wieder fortgedreht hat. Abseits von allen setze ich mich in die störrischen Stoppel und beobachte, wie der nach Butterkeksen duftende Wind Segel bauscht. Eine Spur verbrannt vielleicht. Die Schur der Wiesen lässt weit blicken. Auf gleicher Höhe und doch endlos entfernt – die Autobahn, von der es rauscht wie am Meer. Und auch das Glitzern der Bleche und Scheiben erinnert mich an einen lang verwehten Strandtag. Ich lasse mich fallen. Höre nichts als Ruhe. Weit entferntes Jauchzen. Stimmen wie durch einen Trichter. Der Stillstand. Inmitten der Stadt die Stadt hinter sich lassen. Gut, mal wieder da zu sein.

Sieben, acht Wochen mag mein letzter Besuch her sein. Das Tempelhofer Narbenfeld ist mir nicht mehr als ein blasser Sommernachtstraum XXL, Director's Cut. Meine zwischengeschaltete Midlifecrisis. Mein lost weekend. Das

schönste Ferienerlebnis war ein anderes, auch aus Weite bestehend. Weitaus hügeliger. La Loire, le vin et l'amour.
Zukünftig kann ich sagen, dass ich das Tempelhofer Feld kenne, so wie manch anderen Ort in meiner Heimatstadt: nicht gut, aber gut genug, um nicht ständig hinrennen zu müssen. Ich erfreue mich an seiner Existenz. Ich muss hier keine Drachen steigen lassen, keine Samen aussäen. Mir reicht es, zu wissen, dass dieser Ort Teil Berlins ist, und ich würde ihn vermissen, gäbe es ihn nicht. Allein um einen Platz zu haben, Fluchtort, mitten in der Stadt, ein paar U-Bahn-Stationen entfernt nur vom Rest. Einfach ins Nichts sehen können, ohne Erwartungen. Ich muss niemand Bestimmtem begegnen, bin kein Suchender und kein Besucher. Man trifft sich. Man trifft sich nicht. Ich bin hier nicht länger Fremder. Gewissermaßen fühle ich mich auf dem Feld zu Hause.
Ich habe nachgezählt. Heute ist es auf den Tag genau vier Monate her, dass ich Luis das letzte Mal gesehen habe. Dass sie mich geküsst hat. Was ist schon ein Kuss? Ein einziger Kuss! Ein Kuss ist kaum mehr als eine flüchtige Sympathiebekundung. Eine sehr starke Bekundung, doch eine äußerst augenblickliche, deren Bedeutung sich im nächsten Moment zum Gegenteil umkehren kann. Siehe Judas. Für die einen war es Verrat, für die anderen der größte Liebesbeweis des Christentums.

Oder anders. Wähnte ich mich bis eben auf einer Sommerwiese, unklare Traumnacht, werde ich jäh zurechtgerissen, hochgewiesen, aufgeworfen und niederkommandiert. Für Abschiede bleibt kein Wort. Nur Karla starrt mir zu. Ich entschuldige mich bei ihr für meine nachlässige Kleidung.

»Wieso?«, sagt sie. »Ist doch ein schöner Schlafanzug.« Sie hat ihn ja auch ausgesucht. Ich suche meinen linken Hausschuh. Die Uniformierten finden keine Zeit, mir eine Hülle für den nackten Fuß zu geben. Mich treffen Hiebe im Gesicht, kratzig, aber nicht hart.

»Ich hab's immer gewusst!« Karlas Abschiedsworte klingen nicht vorwurfsvoll, weder verzweifelt noch tränengetränkt. Unten auf der Straße lässt mich ihr Ruf zurückblicken, aufsehen. »Du hast was vergessen!« Am Küchenfenster stehend wirft Karla Bücher herab. Teils dicke Bände, luftdurchblättert. Ich erkenne die Bibliothekssiegel. »Tu das nicht!«, schreie ich, als das erste Exemplar aufs Pflaster platscht. *Flughafen Tempelhof* lese ich auf dem Einband. Weitere Aufschläge folgen prompt. *Flughafen im Herzen Berlins* heißt das nächste. Gefolgt von *Berlins Tor zur Welt* und *Kein Ort der Freiheit.* Ein monothematischer Angriff sozusagen.

»Hier gibt's nichts zu heulen!«, werde ich ins Auto geherrscht und im Fond eingeklemmt zwischen den beiden, die mich verhaftet haben. Ihre Waffen: grüne Zweige, deren Blätter wie gichtige Finger in meine Richtung weisen.

Und ich fühle mich schuldig.

Wir rauschen durch graue, dunstige Straßen. Niemand sagt etwas. Im Radio singt Klaus Nomi: »Let me, let me, let me freeze again to death!« Die mir fremde Ruinenlandschaft ist entvölkert und doch Berlin.

»Stimmt es«, höre ich mich sagen, »dass die Alliierten den Flughafen absichtlich verschont haben?«

»Nein, das liegt an der neuartigen Stahlbetonbauweise«, erhalte ich Antwort von links. Die Stimme kenne ich. Neben mir sitzt Luis. Ihr Gesicht ist unbewegt. Sie trägt einen Stahlhelm. Ist das die Rettung?, durchfährt es mich. Besteht

Gefahr, wenn unsere Bekanntschaft auffliegt? Ich schaue nach rechts, wo Antonia sitzt, ebenfalls stahlbehelmt. Als sie meinen Blick bemerkt, schiebt sich ihre Unterlippe vor. Ich bin enttarnt!, ahne ich. Jede Hoffnung zwecklos.

Wir halten vor einem flachen Backsteinbau. »Flughafen Berlin« steht über dem mehrtürigen Eingang. Warum das alte Gebäude?, denke ich, als man mich aus dem Wagen zerrt. Ist das nicht zerstört? Ein großer, schmaler Offizier mit schlecht sitzender Unform nimmt mich ohne erkennbare Regung in Empfang.

»Hier ist das Vögelchen!«, höre ich es hinter mir rufen. Etwas abseits steht eine antiquierte Kamera auf einem Holzgestell. Daneben hampelt der eine Reporter um Aufmerksamkeit.

»Brauchen Sie eine originelle Interviewformel?«, fragt der Offizier.

Ich bin unschlüssig.

»Ist ohnedem kein Tonfilm!«, sagt Soldatin Luis streng.

»Habe ich keinen letzten Wunsch frei?«

»Neien!«, kommt es von beiden Frauen unisono.

Der Offizier lächelt sanft.

»Ich habe einen solchen Appetit auf Tomatensalat!«, sage ich zu meinem Erstaunen.

»Das hätten Sie sich vorher überlegen müssen«, entgegnet der Offizier. »Die passenden Worte wären in meiner Tasche gewesen.« Er fasst sich ans Herz.

»Na, vielleicht …« Ich schaue zu den Soldatinnen.

Die heben drohend ihre Zweige.

»Nichts da!«

»Mitkommen!«

»Wohin?«, will ich wissen.

»Ist doch egal.«
Das silberne Flugzeug hat nur wenige Fenster und eine ausgeprägte runde Spitze. Die Propeller an den Tragflächen rotieren längst. Neben der Luke ein weißer Stern auf blauem Grund. Man stolpert mich das Treppchen hinauf.
»Ist das ein Rosinenbomber?«, will ich wissen.
»Das ist eine Douglas C-54 Skymaster«, sagt ein Mann mit blauen Brillengläsern. Er hält sein Telefon in meine Richtung, lässt es klicken und verschwindet danach. Ich bin der einzige Passagier. Passenderweise gibt es gar keine Sitzreihen. Überall stehen und stapeln sich bepflanzte Kisten.
Die Soldatinnen Luis und Antonia sind draußen geblieben. Meine Arme langen nach ihnen. Doch kaum hat sich die Tür geschlossen, kehren sie meinem Fensterblick die Rücken zu. Lediglich das Kamerateam interessiert sich für meine ungewollte Reise. Ich will überhaupt nicht fort! Trotzdem finde ich Platz. In den Lautsprechern knackt es.
»Willkommen an Bord!«, höre ich. »Hier spricht Ihr Kapitän. Ich begrüße Sie zu unserem außerplanmäßigen Flug nach New York über Irland und Labrador. Wir wünschen Ihnen eine angenehme Reise mit der deutschen Lufthansa.«

Oder anders. »Hey? Stör ich?«
Ein Sturz aus allen Wolken ist auch eine Landung. Ground Control meldet versuchte Kontaktaufnahme. Blinzelblick. Ich liege im Schatten einer Frau. Dünne Beine, kurzer Rock, unförmige Jacke. In den Locken hängt ihr die tiefe Sonne.
»Kommt drauf an«, sage ich.
»Ob du unterschrieben hast!«
Während ich mich aufrichte, gibt sie das Licht frei, indem sie in die Hocke geht. Jetzt ist sie viel besser zu erkennen.

Helle Augen, rotes Lächeln. Die Jacke knallgrün. Vor ihrem Körper hält sie ein orangefarbenes Klemmbrett, in den Seiten darauf versucht der Wind zu blättern. Sie streicht sich blondes Haar hinters Ohr.
»Und?«
»Wie *und*?« Ich weiß immer noch nicht, was sie von mir will.
»Haste schon?« Erwartungsvolles Gucken. »Unterschrieben?«
»Wofür? Zeitungsabo?«
Sie rümpft die Nase. Eine tolle Nase. Ausladende Flügel.
»Bist du von dieser Initiative da?«
»Genau!« Lächeln. »Einhundert Prozent Tempelhofer Feld.«
»Gut«, sage ich.
Sie hält mir das Unterschriftenbrett hin. Bevor ich es ergreife, begreife ich, dass sie nichts weiter von mir will als meine Unterschrift. Sie wird sich bedanken, sich aufrichten, mir den Rücken zuwenden, den Nächsten anquatschen, und ich werde ihr nachschauen. Mich fragen, wie ihre Nase ausgesehen hat. Also lasse ich meine Hand sinken. Sage: »Ist das nicht ziemlich vermessen? Diese Ich-will-alles-Haltung?«
»Logisch ist das vermessen – nicht!« Ihre Augen verengen sich.
»Überall ist vom Teilen die Rede. Und ihr wollt keinen Quadratmeter hiervon abgeben?«
»Das Feld gehört doch allen Berline…«, sie holt Luft, »…rinnen.«
»Manche wollen vielleicht ja hier wohnen.«
»In Luxuswohnungen?«
»Von mir aus auch das!«
»Du magst also nicht unterschreiben?« Sie zieht die Stift-

hand ein. Der Jackenärmel ist umgekrempelt, sonst wäre er zu lang.

»Das habe ich nicht gesagt«, sage ich. »Ich würde nur gern wissen …«

»Okay!« Sie lässt sich auf den Po fallen, legt das Klemmbrett in den Schoß. Mein Plan geht also auf. »Weißt du«, sagt sie, »das Tempelhofer Feld ist ein wichtiges Kaltluftentstehungsgebiet mit diversen Biotopen und unter Artenschutz stehenden Tieren und Pflanzen.«

»Es soll ja keineswegs alles bebaut werden. Und in der Innenstadt ist Wohnraum halt knapp.«

»Es gibt so viele andere Freiflächen. Zum Beispiel in der Yorckstraße. Da haben sie gerade einen Baumarkt mit Megaparkplatz hingeklotzt. Wenn ich so was sehe, denke ich mir: Hm, so knapp kann das mit den innerstädtischen Flächen nicht sein.«

»Baumärkte werden halt gebraucht, wo Leute hinziehen«, lasse ich ein besonders dämliches Argument vom Stapel. Jahrtausendelang kamen Menschen ohne Heimwerkerparadiese aus, ja, sie kamen nicht einmal auf die Idee, Schwingschleifer oder Tauchsägen zu brauchen oder Lebensvorräte an Flanschmuffen und Unterlegscheiben zu horten.

»Grünflächen werden viel dringender gebraucht!« Das Gesicht der Frau kneift sich zusammen. Als würde sie aufstampfen. Dabei stampft sie gar nicht auf. Was im Sitzen auch schlecht ginge. Sie beginnt, mich als Gegner zu begreifen. Obwohl ich überhaupt keiner bin. Dennoch wäre Nachgeben viel zu früh.

»In der Mitte bleibt's ja ein Park«, sage ich also.

»Was heißt ›bleibt‹? *Sie* wollen einen draus machen. Noch einen! Wo *das* gerade das Besondere am Feld ist: ein Gelände, frei von jeglicher Grünflächendramaturgie. Leider geil. Alles so schön wild hier! Und jeder kann sich sein eigenes Stück Freiheit herausnehmen.«

»Ja, das finde ich schön!«, sage ich und erspare ihr einen Exkurs zur französischen Gartenkunst. Und sie findet wohl schön, dass ich das sage. Endlich kehrt das Lächeln zurück auf ihren breiten Mund mit den schmalen Lippen. Und es soll mir ein Leichtes sein, dies noch zu verstärken. »Weißt du, neulich hab ich mir alte Stadtpläne angeguckt, im Netz. Während des Krieges war das Flughafengelände eine weiße Fläche, wie herausgeschnitten.«

»Genau so soll es auch in der Realität werden«, bestätigt sie mich. »Eine Fläche mitten in der Stadt, die nicht zur Stadt gehört. Keine Straßennamen, keine Häuserecken, kein Kommerz! Das bleibt alles hinterm Zaun.«

»Bloß ... kann etwas Begrenztes Freiheit bedeuten?«, fahre ich den Dämpfer aus. »Abgesehen davon, dass alles geregelt ist, vor allem wie lange man auf dem Gelände sein darf.«

»Ja, das gefällt mir auch nicht. Trotzdem!«

»Die Stadt und die, die in ihr das Sagen haben, werden dieses anarchistische Treiben garantiert nicht ewig zulassen. Einfrieren ist ja auch doof.«

»Wer redet von Einfrieren?« fragt sie.

»Nur 'n Gedanke. Weißt du, hier herrscht so 'n Status quo vadis. Nichts bleibt für die Ewigkeit. Aber wo bleibt es?«

Sta|tus quo, der; - - [lat. = Zustand, in dem ...] (bes. Rechtsspr.): *gegenwärtiger Zustand.*

quo va|dis? [lat. = wohin gehst du?] (bildungsspr.): (meist als Ausdruck der Besorgnis, der Skepsis) *wohin wird das führen?; wer weiß, wie das noch werden wird?*

»Kann es sein, dass du übelst pessimistisch bist?«

»Nicht pessimistisch. Realistisch!«, sage ich. »Berlin verändert sich ständig weiter. Nicht immer ist das auch gut so.«

»Und was soll man dagegen tun?«

»In Kopenhagen gibt's Christiania.«

»Diese Hippiekommune?«

»Genau! Die nennen das Freistadt. Warum kann so etwas nicht auch hier entstehen?«

Ihre Augen sind etwas größer geworden. Die Lippen fast voller. Ihr Kopf wippt ein bisschen. Sie scheint über meinen Einwand nachzudenken. Ich muss das auch. Was erzähle ich da für 'n Quatsch, um die Frau zu beeindrucken? Und wieso will ich sie überhaupt beeindrucken? Ich bin doch kein Pickup Artist, kein Aufreißerkönig.

»Du kannst das ja mal auf dem nächsten Plenum vorschlagen.«

»Du meinst …?«

»Ja!«

»Und das könnte gut ankommen?« Genau genommen will ja lediglich ich gut bei ihr ankommen. Wobei ich mir da überhaupt nicht so sicher bin. Das mit dem Ankommenwollen ist gerade eher ein Spiel, eine Selbstvergewisserung. Interessiert sich noch jemand für mich, vor allem junge Frauen mit strahlendem Blick?

»Klar kommt das gut an!«, sagt sie. »Dann könnten wir unsere eigenen Regeln machen. Eigene Öffnungszeiten und auch eigene Parkwächter.«

»Aber wenn hier Leute wohnen, müssten ja Häuser gebaut werden.«

Ihr Lächeln verschwindet. Hoffentlich fühlt sie sich jetzt

nicht gefoppt. »Man könnte ja in Zelten wohnen«, schlägt sie vor. »So wie Nomaden. Immer übers Feld ziehen!«

»Ein bisschen umständlich, oder?«

»Nee, wieso? Das wäre doch voll gold! Ein Signal gegen Wohnungsnot.«

»Voll gold? Soll das Tempelhofer Feld wirklich ›in‹ werden?«

»Ist es ja längst. Ku'damm und Unter den Linden sind was für Touris. Die Berliner flanieren lieber über die Flugpisten!«

»Und bald kommen die Hütchenspieler?«

»Gibt's die noch? Ich bin eher nicht so auf diesen Konsumtrassen unterwegs.«

»Bestimmt!«, rufe ich aus. »Also, ich bin da auch nie. Trotzdem, so ein erfolgreiches Geschäftsmodell stirbt so schnell nicht aus.«

»Vielleicht sollten wir uns das zunutze machen.«

»Wir zwei?«

»Nein, wir von der Ini. Viel Geld ist nicht da. Allein diese schlimmen Jacken.« Sie zupft am grünen Polyester. »Die gab's zwar günstig beim Discounter, aber zahlen musste jeder seine selbst.«

»Das nenn ich engagiert!«

»Ja, nicht? Alles muss man selber machen.«

»Auf andere kann man sich halt nicht verlassen.«

»Na ja.« Skeptisches Stirnrunzeln.

»Wünschenswert ist was anderes«, gebe ich zu. »Doch realistisch?«

»Okay, klar, immerzu warten, dass andere …«

»Hat das nicht schon Kennedy gesagt?«

»Kennedy? ›Ich bin ein Berliner‹, oder was?«

»Nee, dass man nichts erwarten soll vom Staat, sondern sich fragen, was man selber für ihn tun kann.«

»War der gegen den Sozialstaat?«

»Na ja«, sage ich. »Auf jeden Fall hat Kennedy seinen eigenen Mord in Auftrag gegeben.«

»Was?« Sie lacht. »Wieso sollte er?«

»Für ihn war es der richtige Zeitpunkt.«

»Kennedy wurde doch von der CIA ermordet.«

»Oder so.«

»Hier ist es ja nicht anders«, sagt sie. »Würden wir abwarten, was der Senat aus dem Tempelhofer Feld macht, gäb's längst einen Busbahnhof, eine Schönheitsfarm, Wasserlandschaften oder eine Rennstrecke. Nur eins wurde vom Senat nie in Betracht gezogen: Einfach alles so zu lassen, wie es ist.«

»Grillen statt Villen!«, fällt mir ein.

»So sieht's mal aus!« Mehrfaches Nicken.

Und dann treffen sich unsere Blicke. Staunend, fordernd, rätselnd. Was willst du von mir? Vorübergehende Sprachlosigkeit. Zucken der Mundwinkel. Bis eben ging ihr das Lächeln leichter von den Lippen. Griff ins Haar.

Geweitete Pupillen, graugrün umrandet. Grüngrau. Tarnfarben. Was versteckt sich in diesen Augen? Was gibt es dort zu suchen, finderlohnlos? Habe doch schon alles.

Nach Verticken des Moments schlagen sich ihre Lider nieder, klemmt sie das Haar hinters Ohr, räuspert sich der angehaltene Atem.

»Das Gute am selbstbestimmten Tun ist, dass man auch eigenverantwortlich festlegt, wann man womit aufhört und was anderes macht.« Sie steckt den Kuli ans Schreibbrett. »Lust, was trinken zu gehen?«

Ich weiche der Herausforderung ihrer Augen aus. »Ich will

nicht schuld sein, dass du nicht genug Unterschriften sammelst.«

»Ach, dafür ist auch morgen noch Zeit!«

»Wenn du meinst«, sage ich.

»Also!« Sie springt auf.

Mich hält es ebenfalls nicht länger im Gras. Am liebsten würde ich jetzt einfach wegrennen. Irgendwohin. Zum Beispiel in die Stadt meiner Erinnerungen. Es ist so viel leichter, nichts zu sagen, Dinge geschehen zu lassen, als das, was ist, aufzulösen.

»Ich glaub, ich muss nach Hause«, sage ich. »Sonst wundert sich meine Freundin, wo ich bleibe.«

»Okay?«, sagt sie. »Schade. Tschau!« Angedeuteter Handgruß.

»Tschüs!«, sage ich und drehe mich um.

Ein paar Schritte zu spät fällt mir auf, dass ich vergessen habe zu unterschreiben. Ein Mann auf Rollerblades schlingert an mir vorbei, ein paar Drachen streiten flirrend um den Luftraum. Und in der Nase der Geruch verbrannter Kekse.

EIN SECHZEHNTER TAG

Oder anders. Der erste Schnee des Winters lässt die Stadt so unerwartet hell und freundlich wirken. Und das Tempelhofer Feld erst recht. Weißflächig breitet sich der Leerraum aus, dämmt das Gemurmel der Stadt. Hält es außen vor. Flockentanz in aller Stille. Käme jetzt ein Flugzeug an, müsste es so oder so weiterfliegen. Hier gibt es nichts zu sehen. Kontrastarm und konturenlos wie ein getilgtes Gelände, das niemand mehr heraustrennen muss und dem Stadtbild entreißen wie zu Nazis Zeiten. Kein militärischer Zweck mehr. Schneidend ist lediglich die Kälte. Kein Wunder, dass kaum jemand draußen ist. Und ich bin auch nicht gut gekleidet für eine Winterwanderung. Einzig die flockengetriebene Freude wärmt mich. Karla müsste bei mir sein! Andererseits muss sie jetzt ja nicht allein auf ihre eigene Gesundheit achten.

Kurz hinterm Eingang, den Abhang hinab: eine Propagandaplane, einem Bauzaungitter aufgezogen. »Das Tempelhofer Feld«, steht dort groß, »auch in Zukunft ein Ort für Freizeit, Sport und Erholung.« Fürs Kleingedruckte muss ich näher heran durch den Schnee stapfen. Wer gegen eine Bebauung ist, heißt es, will weder Wohnungen noch Kitas und Bildungseinrichtungen, will keine weiteren Radwege, keine neuen Bäume, nicht einmal »Sport- und Spielflächen«.

Dass die Bildungseinrichtung eine überkandidelte Bibliothek werden wird und die wichtigste Sportfläche ein Was-

serbassin, in dem man bloß mit bürgermeisterlicher Erlaubnis baden darf, steht hier nicht geschrieben.
Mich fröstelt's. Lieber betrete ich die Leere. Schneeverweht liegt dort jede Großmannssucht auf Eis. Beruhigend, auch im Nichts nicht immer was sehen zu können. Die Fotos, die ich mit meinem neuen Smartphone mache, sind kaum mehr als grauer Bildmatsch. Ich hüpfe ein bisschen auf der Stelle. Hätte ich mal eine Mütze eingesteckt! Ich hüpfe noch doller. Bewege mich auf diese Art im Kreis. Was interessieren mich heute Geraden und Wege? Die hat der Winter eingepackt. Niemand zugegen, vor dem mir ein derartiges Verhalten peinlich sein müsste. Im Schnee sind wir wieder Kinder. Staunend, voller Freude über dieses wattegleiche Etwas, das die graue Gegenwart, die altbekannte Umgebung in etwas Neues verwandelt. Flüchtig und deshalb so faszinierend.
Wie ich so hüpfe, bemerke ich eine andere hüpfende Person, nicht weit entfernt, die bunte Mütze tief ins Gesicht gezogen. Veralbert mich da jemand? Na warte! Ich wage ein paar schnelle Sprünge und gerate dabei ins Schlittern. Unsanft landet mein Hintern in der feuchten Kälte.
»Hey, alles okay? Hast du dir wehgetan?« Die andere Hüpferin ist bald bei mir. Eine Frau, wie ihre Stimme verrät. Und die verrät weitaus mehr.
»Svenni? Was machst du denn hier?«
»Luis!«
Kaum zu glauben, Luis! Grinsend streckt sie mir eine bunt gestreifte Handschuhhand entgegen. Ich greife danach. »Jetzt hab ich mich also doch mal zum Honk vor dir gemacht.«

Họnk, der; -s, -s [wohl nach engl.-amerik. (Slangwort) honk(y) = (abwertende) Bez. für »Weißer«, H. u.] (Jargon abwertend): *Dummkopf, Idiot*: Oslo ist nicht die Hauptstadt von Schweden, du H.

»Sah nicht übel aus.«
»Was hüpfst du auch so rum!« Ich klopfe mir den Schnee von Mantel und Hose.
»Das musst *du* sagen! Was machste hier überhaupt?« Neckisches Grinsen, halb verborgen hinter dem zigmal um ihren Hals geschlungenen senfgelben Schal. Viel von ihr ist nicht zu sehen. Das Wichtigste jedoch schon, so zwischen Schal, schwarzen Haarspitzen und rot-gelb-rot-grüner Mütze.
»Ich war neugierig, wie das Tempelhofer Feld bei Schnee so aussieht«, sage ich. »In letzter Zeit komme ich kaum noch hierher.«
Würde sie fragen, wüsste ich nicht mal mehr, wann es das letzte Mal war.
Aber sie fragt nicht. Sagt: »Ich auch nicht.«
»Und so ganz ohne Board unterwegs?«
»Für das eine ist es echt zu rutschig«, sagt sie. »Und für das andere zu flach. Dafür bräuchte man Langlaufskier.«
»Langlaufskier?«
»Logo! Wenn der Schnee liegen bleibt, dauert's bloß 'nen Tag, und alles ist voller Loipen.«
»Schade eigentlich. Gerade wirkt's ja so, als wäre hier einfach nichts.«
»Stimmt! Als hätte man beim Bau Berlins ein riesiges Stück vergessen.«
»Der Ort ist gestrichen worden, ausradiert wegen schlechtem Karma. Na ja«, überlege ich.

»Dich beschäftigt immer noch das ›KZ‹?«

»Ja! Also, Zwangsarbeiterlager. Die Lufthansa war ja auch hier.«

»Die brauchten Zwangsarbeiter? Im Servicebereich?«

»Nee, die haben rechtzeitig ihr Geschäftsfeld erweitert und sich weit vorm Krieg auf die Reparatur abgeschossener Flieger spezialisiert.«

»Bestimmt ein Bombengeschäft!« Luis hebt die Arme.

»Anders kann man's nicht sagen. Die konnten gar nicht genug Zwangsarbeiter kriegen.«

»Und das war *unsere* Lufthansa?«

»Ja, *unsere* Lufthansa. Neulich kam so 'ne Doku. Nach dem Krieg neu gegründet, blieben die alten Chefs trotzdem am Drücker. Warte, die hatten so 'n tolles Motto. Ja, genau: ›Fliegen heißt siegen – über Zeiten und Weiten‹.«

»Du bist echt so klug!« Da ist es wieder: dieses Lächeln, das mich im Sommer fast aus der Bahn geworfen hätte. Und ich weiß wieder, wieso. So, wie ich auch weiß, dass mir das nicht noch mal passieren wird.

»Was heißt klug?«, sage ich. »Ich bin halt interessiert. Und manches merke ich mir sogar.«

Im Augenblick merke ich aber vor allem, wie kalt mir wird. Ich schlage vor, Richtung Ausgang zu gehen. Luis ist einverstanden. Man könne ja noch einen Tee trinken oder so.

»Und die haben hier echt bis zum Schluss geschraubt?«, fragt Luis.

»Ja. In der letzten Maschine, die vorm Eintreffen der Roten Armee Tempelhof verließ, saßen lauter Führungskräfte der Lufthansa. Die wurde übrigens bei München von der deutschen Flugabwehr abgeschossen.«

»Ab und an ist Geschichte eben doch gerecht.«

»Eher selten. Die Chemikalien, mit denen die Zwangsarbeiter ohne Schutzkleidung hantieren mussten … danach waren die ihr Leben lang krank.«

Weiße Flocken schlucken jedes entfernte Geräusch. Nur unsere Schritte knattern und knirschen im Schnee. Der Himmel hinter dem Gewimmel ist längst schwarzgrau, hell bleibt es gleichwohl.

»Ich hab mal gehört, der Boden hier ist übelst verseucht«, sagt Luis. »Alles voller Chemie. Ausgehobene Erde müsste direkt zum Sondermüll. Aber weißt du was? So Naturschützer haben eine seltene Strohblume entdeckt!«

»Ach ja, dein Mitbewohner!«, sage ich, mehr zu mir selbst.

»Theo? Du kennst den?«

»Flüchtig.«

»Wolltest du nicht auf unsere Party kommen?« Sie bleibt stehen.

»Ja. Nein. Irgendwas ist da …«

»Hast übelst was verpasst.« Sie lächelt versonnen. »Was soll's? Ich hab ja kaum noch Zeit zum Feiern. Muss die Masterarbeit fertig kriegen. Bin nicht mal mehr richtig viel geskatet. Fehlt mir voll. Man vereinsamt so, wenn man seinen Kopf für sich arbeiten lässt.«

»Was in Berlin nicht so leicht ist.«

»Kopfarbeit?«

»Nee, das Vereinsamen!«

»Ach, ich weiß nicht.« Luis zieht die Nase hoch. »Berlin ist auch nicht mehr das, was es mal war.«

»Zu schnell, zu laut!«, sage ich. »Die ganzen Touristen.«

»Solange es noch Orte wie das Tempelhofer Feld gibt, wo einfach nichts los ist, find ich das nicht so schlimm. Keine Konzerte, keine Action, kein Stress.«

»Tja.«
»Na, ich hab eh ein Angebot aus Kiel.«
»Ehrlich?«
»Promotionsstelle in der Meeresbiologie. So 'n Ökothema, echt spannend.«
»Klasse!«, sage ich.
»Ja, endlich passiert mal was. Bei dir auch, hoff ich.«
»Und ob. Ich werd bald heiraten.«
Jetzt ist es raus.
»Heiraten? Wie …?« Überraschter Blick.
»Bis vor Kurzem dachte ich genauso, das ist Quatsch. Heiraten! *Das* ist mal pomo!«
»Ich würd eher sagen: vormodern.«
»Von mir aus auch das. Viel verändert sich ja nicht. Karla muss nicht mal meinen Namen annehmen. Und außerdem, so mit Kind.«
»Du hast ein Kind?«
»Noch nicht. Mitte Juni.« Allein das Davonerzählen macht glücklich.
»Na, gratuliere. Ich wusste ja gar nicht …«
»Denkste, ich?«

Oder anders. Sirenen werden laut. Lichtzuckungen beleuchten das helle Gestöber blau und vereinzelt auch orange. Wie von überallher kommen rote, blaue, gelbe, grüne Einsatzfahrzeuge aller Art und Größe angefahren. Notarzt, Leiterwagen, Schneepflüge. Das komplette Programm, Tatütata. Durchsagen schallen über den Platz, schlecht zu verstehen, doch deutlich genug, um zu erahnen, dass es Aufforderungen sind, das Gelände zu verlassen.
Geneigt, dem sogleich nachzukommen, hält mich Luis'

Stillstand auf. Nahezu erstarrt beobachtet sie das ungewöhnliche Treiben auf der südlichen Landebahn. Polizisten lassen rot-weiße Bänder im Wind flattern. Unmöglich, damit etwas abzusperren. Feuerwehrmänner in voller Montur wickeln Schläuche ab und schleppen sie durch den Schnee. Andere positionieren mobile, in den Himmel gerichtete Strahler. Und unverändert Martinshörner sowie die Bitte, das Feld zu verlassen. Alles bleibt wie in Watte gebettet.

Einzelne Gruppen schemenhafter Wesen bewegen sich durchs Gestöber. Aus dem verflockten Nichts kommen weitere Fahrzeuge. Viele mit aufgeregtem Warnlicht, aber auch Übertragungswagen diverser Sender, von RBB bis RTL.

»Krasse Axt!« Luis findet erste Worte. »Was wird *das* denn?«

»Tja.«

Egal, was geschieht – gehen darf man jetzt nicht. Passiert ziemlich viel auf dem Tempelhofer Feld, wenn es mal schneit. Mir fällt mein Smartphone ein. Doch was ich aufs Display bannen kann, sind bloß diffuse Schlieren, bunte Wahrnehmungsflecken. Ich rufe eine der Nachrichtenseiten auf. »Schneechaos in Ostdeutschland«, lese ich, »Flughäfen dicht«.

Ich bemerke wieder, dass ich friere, als Luis mir aufgeregt in die Seite stößt. »Da!« Sie zeigt Richtung Neukölln. Und in der Tat, knapp über den geweißten Dächern der ersten Häuserzeile dringen vier Scheinwerfer durch den Flockenflug.

»Ich fass es nicht!«, entfährt es mir. Schon wird eine Maschine sichtbar, mittelgroß, wie sie Gebäude und Bäume haarscharf hinter sich lässt. Sirenen und Lautsprecherbefehle sind verstummt. Nicht einmal Motorengebrüll ist zu hören. Einzig einzelne unverständliche Rufe stören die Stille.

Das Fahrwerk ausgefahren, sinkt das Flugzeug rapide, am Boden begleitet von Feuerwehrwagen und rennenden Menschen. Weiter vorn preschen Schneepflüge über die Piste. Dumpf dann die Landung. Quietschen. Rasendes Ausrollen gen Tempelhof, wo die Maschine in einem Gemenge aus Dunst, Schnee, Sirenen, Qualm und Aufregung unserer Sicht entwischt.

»Komm!«, sagt Luis und stapft los zum Schauplatz des Geschehens. Ich hinterher. Wir sind nicht die Einzigen. Die Räumung des Feldes war wohl nicht sonderlich erfolgreich.

Abgefangen werden alle irgendwo in der Mitte. Ein unordentlicher Riegel aus Polizisten, Zivilisten und Einsatzfahrzeugen hält uns Schaulustige vom Schauen ab. Die Maschine ist inzwischen zum Stehen gekommen. Nehme an, das ist bei der Infotonne. In hohen Bögen prasselt Wasser auf den rot-gelben Rumpf, bestrahlt von Scheinwerfern und lichtbetupft vom Blau- und Gelblichtstakkato. Ein Martinshorn schrillt auf.

»Zum Glück nur ein Frachtflugzeug«, sagt wer. Und ein anderer erklärt, dass Schönefeld bestimmt ausgelastet ist.

»Und der BER?«, erwidert jemand. »Die Landebahnen sind ja fertig.«

»Ob se die so schnell frei gekriegt hätten?«

»Lassen Sie mich durch«, höre ich eine bekannte Stimme. »Kennen Sie mich nicht? Ich bin von der *Abendschau*! Ich muss zu meinem Team. Das ist da vorne.« Sehen kann ich Karsten Grube indes nicht.

Luis steht dicht vor mir. Ich könnte meine Arme um sie legen, hüte mich jedoch davor.

Unwillkürlich muss ich an den Freiherrn von Hünefeld denken, dessen Name gewiss in keinem Schulbuch steht. Dabei war er zusammen mit Hermann Köhl der erste Mensch, der den Atlantik von Ost nach West überflogen hat, knapp ein Jahr nachdem Charles Lindbergh aus entgegengesetzter Richtung gekommen war.

Zunächst ging's nach Irland, dann über den Atlantik, bis man vom Kurs abkam und New York verfehlte. Die Landung fand auf Labrador statt, einer Halbinsel vor der kanadischen Küste. Hier waren bereits Wikinger gelandet. Nur hatten die keinen Motorschaden. Beim Warten auf Rettung vergiftete sich Hünefeld schwer. Einer der zwei zu Hilfe eilenden Piloten starb auf dem Weg an einer Lungenentzündung. Endlich in New York, wurden die beiden Deutschen zwar gebührend gefeiert. Triumphe sehen trotzdem anders aus.

So ist das Leben eben, meistens sogar ohne Pioniertat: Man unternimmt große Umwege, um ans Ziel zu gelangen. Dabei bleiben zufällig Mithineingeratene gelegentlich auf der Strecke, sosehr sie sich auch bemühen. Und wie ein Sieger fühlt man sich erst recht nicht. Man ist eben durchgekommen, irgendwie. Scheitern ist kein Aufgeben. Als Otto Lilienthal vom Brandenburger Fliegehügel stürzte, zog sein Bruder Gustav dorthin, wo Otto nie gewesen ist: aufs Tempelhofer Feld, den Mutterboden so vieler Flugversuche. Abheben wollte sein Schwingenflugzeug dennoch nicht.

Oder anders. Der Schneefall hat aufgehört. Die Martinshörner sind verklungen, die Rettungswagen fortgefahren, die Aufregung vorüber. Von den Neugierigen ist keiner mehr da, wohl wegen der Kälte. Luis und ich stehen uns gegenüber, fröstelnd. Mein Rücken ist eisig, als verspotte der übers Feld fauchende Winterwind das Futter meines Mantels.

Unter ihrer tief ins Gesicht gezogenen Ringelmütze glänzen Luis' Augen mit den großen Pupillen. Ernster Blick in einem makellos schönen Gesicht, deutsche Nase hin oder her. Und dann flammt wieder dieses Lächeln auf. Sie zieht die Nase kraus, hebt die Schultern, schlägt sanft mit dem Handschuh gegen meinen Unterarm.

War es wirklich nur dieses eine bestimmte Lächeln, war es die Art, wie sie die Schultern hebt, die mich hinter ihr herrennen ließ, diesem Mädchen, dieser jungen Frau, dieser jungenhaften Frau mit den flaschenfarbenen Mandelaugen und dem nachtglänzenden Haar, das Skateboard lässig zwischen Rucksack und Rücken geschnallt? Oder musste ich bloß auf dem Tempelhofer Feld notlanden, um mein eigentliches Ziel nicht vom Radar zu verlieren?

Oder anders. Ein paar Meter von uns entfernt entdecke ich den Birdwatcher. Ihn zu sehen beruhigt mich. Ich nicke ihm zu. Statt einer Erwiderung hebt er seine Kamera und richtet sie auf uns. Luis bekommt das gar nicht mit. Sie guckt mich unverändert an.

»Kommst du?«, fragt sie.

»Nein«, sage ich. »Ich bleibe noch.«

BREMSWEG

Ganz genau so. Die mich umzingelnde Stadt glänzt. Ich strecke die Arme von mir und fange an, mich langsam zu drehen. Minarette, Fernsehturm, Kirchenspitzen und der hellleuchtende Potsdamer Platz mit seinem grünen Fingerzeig. Kugelturm, Rathaus Schöneberg, Gasometer, SFB, Teufelsberg und die drei Kraftwerkschlote. Alles klar und deutlich zu erkennen. Ich nehme Fahrt auf im hohen Schnee. Auf hoher See kommt mir die Erdkrümmung in den Sinn, das Glitzern der Küste am Tempelhofer Hafen. Irgendwo dort liegt die Yacht von JFK, der zu Ehren seines Berliner Sohns eine Party schmeißt. Leider muss ich weiter. Ullsteinhaus und UFA-Ateliers, Butterkeksfabrik und Vogelfreiheit. Cleared for take-off. Das rhythmische Blinken bei der gestrandeten Frachtmaschine. Geschenke für alle! Bloß auspacken muss man selbst. Spüre den Widerstand des Windes an meinen Flügeln. Die Füße lösen sich vom Boden. Mein Jungfernflug. Letzte Worte der Bodenkontrollstelle. Bevor ich heimflieg, ein paar Abschiedskurven übers Tempelhofer Feld. Die schneebedeckten Tomatenpflanzungen. Ein kurzes Gedächtnisschlucken an ein hilfloses Gewächs namens Pumuckl. Aus der Ferne weht Alphorndröhnen herüber. Ich umkreise die Kaiserpappel, und von der Tribüne auf dem Dach des Flughafengebäudes jubeln die Massen mir zu, gleichgeschaltete Ameisen. Ich winke zurück und gerate ins Trudeln, kann mich aber wieder fangen. Jemand hat die Radarkugel verhüllt mit einer riesigen geringelten Wollmütze, rot-gelb-rot-grün. Und alle so: Yeah! Das Ende wie der Anfang. Alles gleich. Oder eben anders. Back to the Gegenwart. Freie Fahrt in die Zukunft. Egal wohin, sagt der schwer Träumende und denkt, es wär an der Zeit, zu bleiben. Ich spüre eiskalte Feuchtigkeit in meine Kleidung sickern und weiß, dass nichts bleibt, dass nichts bleibt, wie es war.